光域里

王学芯 著

江苏凤凰文艺出版社
JIANGSU PHOENIX LITERATURE AND ART PUBLISHING

图书在版编目（CIP）数据

光域里 / 王学芯著 . -- 南京 : 江苏凤凰文艺出版社，2024. 10. -- ISBN 978-7-5594-9003-2

Ⅰ. I227

中国国家版本馆 CIP 数据核字第 202488P3T7 号

光域里

王学芯　著

出 版 人　张在健
责任编辑　孙建兵
特约编辑　王晓彤
责任印制　杨　丹
出版发行　江苏凤凰文艺出版社
　　　　　南京市中央路165号，邮编：210009
网　　址　http://www.jswenyi.com
印　　刷　江苏凤凰通达印刷有限公司
开　　本　880毫米 × 1230毫米　1/32
印　　张　8.25
字　　数　124千字
版　　次　2024年10月第1版
印　　次　2024年10月第1次印刷
书　　号　ISBN 978-7-5594-9003-2
定　　价　59.00元

目录

新工业概念

这蔚蓝的天空下
蒸汽电气信息时代磨亮一片花瓣
物质得以改变　长三角上了百层楼梯
繁荣或透视　几个专用场合短语
勾勒出新工业新的交叉光线
石墨烯　人工智能　量子通信　基因工程
如同几滴明亮的水珠
在一张没有边沿的桌上滑动
并在靠窗的地方移向东方
使肘腕边的世界　图像和集群线条
从临近一切的网络里长出更高一层梯级
走上青天
进入彩虹房间
触及一颗神秘跳动的心脏
感到就是这么一个瞬间
黑色头发的江水开始了一股浪潮涌动
急促一闪的浪尖或涛声

仿佛都在齐口说出有关新材料的语言
觉得一枝月光下的花枝
正在树梢爆散星星　螺旋出
移动着
摆动着
引导着的波环
使突出的远眺和美好
有了一种很近的轮廓

我想发明一款手机

我的手机
从自己的消耗中凉歇下来
静默得没有一点反应

就像一个人留在一间没电的房子里
一分钟增加一百二十秒钟焦虑
五指像倒钩似的

突然想
空气充电　或用气息充电
那全世界一定会变得更加有趣了

又倏地问自己
现在还有这么多亲密无间的人吗
或问候与唠叨的话

手机闭上声音和眼睛
手机像在沉思自己喑哑的状态
似乎还有一种致命的焦渴

觉得一代的又一代
确实应该是更好的一代了
怀柔起亲近的磁波

我想发明的一款手机
最好微笑
也能充电

云工厂

飘过空间
云朵系在工厂棚顶　比布幔丝滑
绵延进内部一切看得见的链接体系
完成纤细云丝一样的流程
在那里
工装　上了光电蓝色
键盘线化出制造业的节奏
纹理之间的尺寸精度及编程的动态
发展了特征
如同隐隐呈现　清晰的一片树叶
完美茎脉　从第三次工业革命的宽阔点上
移向第四次工业革命的核心位置
仿佛说明
云上云下的工厂
正是现代人视觉怒放的第五部分
或是一个又一个特写镜头里的脸和洁白牙齿
使微笑和一杯青翠的水

在电脑桌边持续出现银光波纹

而这

或许就是我

以及所有人

一直看着的透亮天空

两千二百二十三句耳语

我一直幻想
用根缆绳将太空和地面连接起来
把火星月球一切天体变成有线风筝
牵着它　穿过云雀的全景
带回那里的一根草　一枚果核　一丝风声
让树木和小径　在地球的城市里
靠近一座阳光明媚的房子

我的手指
朝向八千公里的天穹伸了出去
如同一种合成的新材料闪动蓝色微光
在打开寒冷星群的大门时
迅速涌出自然的力量和资源
景象令人激动　躯体成为飞翔的化身
紧跟着进入或系列操作
手指粘上一粒陨石的沙子　立即出现了
两千二百二十三句耳语

使太多的过去和悠悠岁月
在风筝的翅膀上
有了花瓣的印戳

现在　我的一道目光
是我整个思维的一种运动
更是一根金属缆线连续的更高秩序
记录着我
两次找到的土地

量子空间

量子空间穿过诗歌和直觉
粒子与粒子纠缠　形成的波形
位置　动量　能量　演化成通信和万物
充满活力　引人入胜　完美无瑕
叠加的微观世界　多世界　观测或测量
特殊联系　无论相隔多远　相关状态
相应的改变　似乎听到连接声音
轻拂而来
进入耳郭

好像在一座新发现的大楼里
每扇窗户是一个点　一种尺度的微缩
凝视升起　带着周围神秘的计算　繁复分支
看到里面的人随着神奇的编程
在自由度里发明自己
进进出出
改变思维

又像一瞬间一个特别突出的自己
进入以蓝色为背景的小空间
把一种姿态变成先于知觉的感觉　并入一种
在线的穿透和经历的应用场景
直至看到手指间的镊子
夹起一束激光
一个光源

未解之谜
量子涨落的悖论　粒子和反粒子
全新的视角　每一种可能性都在实现
意想不到的外观　现实　实验或相同的诗歌
促使一切
放下经典物理的思维模式
徐徐靠近　徐徐发现
开放的直觉
自己的位置

生物试验

基因在某种模型里

演变　蛋白质细胞分裂　移动

前所未有的警觉　不可思议　滴水形

从容器进入数据库

包含指纹

或罗纹

我们似乎有些害怕和担忧

从没想过复制自己　变化到不认识自己

像重新经历年轻的早晨那样

赖床　寻找座钟

看到午后的太阳

我们只想一点美好的变异

去掉些皱纹　在客厅里雀跃几步

整个身子加快活性的小分子或酶代谢

分解脂肪和

老态的虚弱

基因技术

或核酸或变体

我们为之奋斗的躯体或逻辑

突出了骨骼和骨头的形状和分量

以及爱恨　思想　感觉　渴求　血与肉

无法让自己回到童年跟自己的儿女平等称呼

更无法在跨越之后　问自己

你是谁

见过吗

理发师傅

当我的身影进入他手机屏面
被划到一边　他正在游戏的情节里
手指抽动着　并在一种地形的岩石背后
用光点的子弹打来打去
闪烁出
一片白斑
一片黑斑

他参与一场战斗埋没了脸
头顶空旷　像块褪色的磨砂玻璃
两只手杀气腾腾　把那些涌出来的敌人
击得稀里哗啦

身子又俯冲一下
脸庞闪耀出笑容
得手的深入　指尖率领的大批军队
显得势不可挡　一路奔向了

完胜的大结局

游戏迭出花样

他一脸幻觉如同进入一座拿下的城市

他憨憨一笑　说有十块钱奖励

我问　现在

可以理发了吗

忘记手机

眼睛满是玻璃

手满是玻璃　暂时忘记手机

忘记所有不那么火烧眉毛的关系

忘记链接

忘记迷惑

忘记真真假假

忘记倾泻　戏谑　絮叨

忘记白痴般的笑和白日梦的恨或忿忿不平

忘记携带

忘记忐忑

一天简单生活一点自在

半天自然状态似乎可以更自如一些

一小时的清静

要求甚少了

隔绝一下这一个立方体的庞大世界
假如没有一点惊慌失措
或旋转的六神无主
那就知道
什么叫
飘逸了

盯视一只麻雀或许更有一点梦幻
抚摸一片树叶或有变宽变长的澄澈万象
感觉脸上一缕微风
方向里
就没无聊的事了

真正一只眼睛
一只耳朵　或一次真正的触及
哪怕像一个鸟人亲自与鸟交流一声呜唪
也相似
明净的雨滴

焦渴是忘了什么
而不焦躁

芯片世界

新一代芯片
纳米中的纳米　断链或急剧变化
如同核心领域里的一场战争
嘶嘶声一片　形似两根手指的对峙
烽火绕在白烟上黑烟上
硅　锗和砷的动静
竖起地球栅栏
穿梭其间的心理学
使唯物主义不再区分东西方意识形态
起伏着
传播着
似乎云的晶体都在演变节点和神经纹理
都如一种战术中的战略　寻找
万变的瞬间
交织起
起点
梯子

飞翔

风云感觉　天空感觉　一片万里银波

覆盖芯片世界　各种办法

补贴流　变成大捆大捆加浓的气流

缭绕着眼睛鼻子耳朵设立的

科学顶峰

飘起

繁茂

头发

AI 化的人

眨眼工夫
现实一个人竟然 AI 化了
创造出所有的名称

日光下　迅雷骤雨中　绚烂夜色里
更快的速度　猛烈的什么原因
身影进入一束闪耀的光
任何价值东西
变成数字
扇形般散开　排列出
钻蓝色的条纹

躯体内的一层物质
在牙齿里发出嘎吱嘎吱的咀嚼声响
覆盖住心脏　肺　肝　呼吸
或坐着站着的姿势
裹着

思考的视觉

菱形色彩和小点构成的系统
分解人的样子　突出的适应或过程
磁波光泽　穿透了
肉体的胸腔

AI 化的词一个一个经过
推着身子极速前行
平衡的幻象　像在不远万里的尽头
保持一步一步重心
相抵恍惚

网滞

夜里网络被手指
挤占　堵到人间万物瞬间静止
失去动态　甚至失去躯体的姿态和嘴唇
心塌得陷入一潭淤泥
荒蛮似乎由一块小小玻璃做成
反射出两片劣化的牙齿
跌倒在漫游的途中
掉落下随身附带的世界和萦绕
这种滞止　如同消极资讯
笼罩了沉寂
使一个虚无之人
缠绕之人
在刹那间变得虚空
孤零零的　看到惶然的夜色急降深处
像个旁观者
咬着一丝微笑

一种方向感觉

这个世界

在罕见的光和事物里　清晰见解

一种最广泛的方向　惊动身体和现在

仿佛眨一眨眼　就会

倒退几百公里

六种感觉围绕着

无穷变化的各种可爱性　如同兴趣一样

交织起纷涌的意蕴和想象

催逼着我们睁大眼睛

成为懂的人

仿佛转换力量的时刻来临了

新的开始和姿势列作一行　介入其中

便连带了体验和智慧

给予

和

接受

折起日子
每三年重塑自己一次
把哈欠一声的知识　技能　经验和假设
或形象　岩石　思想　混凝土
统统放到空气中去
吹过景物

迎面而来的趋势如同相依相伴的十二股风
盘旋起一种极微之物的多面晶体
闪烁出的什么光什么色泽
似乎总在一分为二
脱离
或
融合

一种方向只有强烈的直觉能让自己不朽
脑海里浮现的第一个词
就是
移位

玻璃

有时候面对一块玻璃
我会注意到透明
或单向透视　或双向透视

我实际更喜欢视飘玻璃
在静止和无动感时候　见到任何色彩
包括黑色

还喜欢胶片玻璃
粘在一起　当受到冲击而爆裂
碎片不伤害到别人

另一种含有光源的玻璃
从不冷冷清清　房间也不越发阴暗
温暖可以用眼睛触摸

基本的连贯性

关于某种透明的说法　只是一张嘴

格式化的另一张嘴

至于相互之间的磨砂玻璃

我还没考虑过　也许下一秒

要想一想了

摊在手里的静音

摊在手里的静音
是种默默或默默的闪烁
依存于无声的逻辑　只需看上一眼

在自己的头发里跋涉
知道自己的事　晓得别人
不知道的事情

好像没嘴　没唇　没有喉咙一样
在终止颤音时
避开一切

手指碰触一下睫毛投下的影子
便悄然地从一个领域
传递出了词和眼睛　愿望也是如此

而这一秒和几秒钟

嘴唇似乎总在默默治疗心理和荒诞

不惊忧任何脆弱的动静

现实越汹涌　或舒展

冲突的东西　悸动的东西　光晕的东西

就越多　越敏感

改变能改变的

可控手机　蕴含了

心理的底色

工业齿轮

城市郁郁葱葱
某一种生物角落里的纺车齿轮
数着生锈轮齿

走过的人群
通过头发丛林　每只眼睛
每朵水晶花　增大晴朗的空间

身上灿灿闪闪的
衣衫像是另一个世界降临的飘逸纤维
显得温暖从容自洽

似乎一种传说
已到此为止　从没想过
内心可以多些明亮和希望的慰藉

嘴唇一片斑驳
折射的万物或轻捷双脚
跨越了更现代街区和不同的生活

日子侧身而过
额头上层层叠叠的缤纷光线缭绕
舌头缩进深裂的内脏

懂了时代的超脱
以及现在和未来的光与影
齿轮在一种生物里数着生锈轮齿

基因

我身上惰性的基因
改变着脊椎和颈背　头发变细
目光一点点干燥
手纹像是一张散开的蛛网　退化了握力
触摸到的皮下脂肪　如同人类的肌体组织
显得肥腻　丰富　臃肿
风推不动腰
毛孔里囤积起的空虚感　盘旋着
在思维的感觉里层层扩大
而种植的牙齿　脱离灵敏神经
咀嚼变成一种机械过程
空洞的胃
饱或胀
只略带一点咸和淡的滋味
基因的变异与演化
以致大脑　语言能力　社会行为
多个自我　弱化的自我　脸向下的自我

在宽绰的生活里

渐渐失去人与人呼唤的本能

甚至最后一丝绿色感情

也抽干了

有泪的水汪汪眼睛

躯壳里的回响

智能手环的广告词

一种最清晰的名称叙述
加上形容词　手环便智能了
血压　心率　体温　浅睡眠　深睡眠
步数进入零到遥远的距离
哪怕熬夜　黑眼圈　赖床时间
都在带劲地
显示出来

像一个躬身隐了秘密的影子
在专心致志地成为任意的身之内角色
很纯粹
跟随着
他从不改变你
他只告示你

只有你自己有更多的话要说
或者有更好的行为　觉得对身体的感觉

欣慰

警惕

调整

都是有意义的

手环的环绕

如果没有　你就到环绕的外面去了

就不知道自己身处的时代

以及知觉的知觉

可能的可能

变化的变化

更好生存

沟通或联系

现在人与人的脸
被网络哺育　使沟通或联系
显得丰富　变得无穷　增长了循环的变化
滋养的眼睛滋润到模糊
语音来回流淌
像在空气的行走中散步
舌头或感觉的表情伴随话语旋转
层层卷边　使聆听的视觉嗅觉听觉和直觉
留下了解的事物印象
空间移动得更快了
空间也许没动
间隔距离　对着一小块玻璃交谈
几乎与平面一样空旷
漂浮的影
不为保存
一张脸的一百万张脸
比光还繁茂

变得愈加及时　近又遥远　远到不能再远

觉得沟通在联系里延伸

看见了

又如此了

相互约见的一个时间

倏地衰落　吞没了

抬不起的腿

网络移动

我随网络移动
我像在越裹越紧的网里
虚拟场景　虚拟人　虚拟的事和事物
混合在真切的现实里
忘记了自己是谁
眼睛睁得特大　双重的感觉
仿佛有着两种姿势
交错着
伟大与平庸

我在移动网络里移动
如同一个时间移民　落下一个茕影
四周汹涌的力量澎湃
天空光芒熠熠
每棵见到的树好似云朵　鸟翅一片灿然
同时打开的岩石
透出永远清新的微风

发现朗照的太阳一眨眼

6G 的 7G 的 8G　瞬间横穿大街

使手指和睫毛上布满字节跳动的信息

而我好像是之前的另一个的又另一个人

自己不再遇到自己

懵懂样子　不仅大吃一惊

脸也

怛然失色

区块链

进入区块链
那像树叶间飞上飞下的喜鹊
相间着黑白分明的羽毛
穿透所有事物与事物之间的关联
解决诚信问题
行为的竞争　或成就和单纯
存储空间连带数据　密码和互联网透明
回到每个人确切的形象中来
就像用生命做了什么一样
清澈的光线
同身体或手的臂弯一起形成围栏
引导着浓密商务　回旋
彼此的相遇和承诺
减少不能再多的麻烦
这种迟了时辰　分钟　日子和年的核心事情
花费在一点保持的身份上
使污点个攸关了生存

区块链　是不变的变的发明

像喜鹊那样在一个个区域里巡游

把坏了心的虫子

捉回笼子

然后

再次梳理羽毛

硅

硅如世上一种证明
不是一次提炼而是许多次精炼
所有积累只为一次迟迟到来的变化
改变石灰岩的砂　熔密度
升华出电负性　传递率　稳定态的蓝色调
改变世界某一格局
纯净之物延伸的优良品质
通过无数次照射和向前输送
进入人类渴望
使人类像感受量子通信和测控那样
得到乐趣　热情或者热爱
确定并透彻
涉及的信息
因此　硅不是一种诞生
而是发现　更是开始和过程中的一种状态
许多眼皮底下或被忽视的事物
达到不同凡响的变化事例

如此相似

增强的效果　包含修正多少次错误

人　物　梦的三者合一融合

硅的全部

带着我们深入

感知工厂

来到那繁茂树叶深处
凝视那片蓝色屋顶的庞大工厂
里面　几乎看不到人　藏着世界最核心东西
链接的机器人工位　各种奏效的手势动作
计划调度　生产执行　物流配送
比城市化更快　更有柔性
露出一手轻巧好活
关心的专业名称
某种解释和引导
触动了制造方式运行模式心理格式
大脑的敏捷　同真正的人一样
在行走的车间里　迈动运营步伐
如同生命的遗传和焕发
无人不有　成为自我的一部分
突然的一切都变成了时间
使钻石般的合金
有了量产

而全部进展　每个部件上的扩展光点

像在灵魂里生长　浓厚的绿色

在看得见的链接中

撩开树的枝叶

延伸出

风的

环绕

精密

我的眼睛
寻找自己的脸和形象
在从 3D 打印技术迈向超精 4D
打磨一面微纳镜子　雕镂极限品质
使手指烙出空气一印
纯净的一个点或一丝一毫
一种使命　一种状态　一种情感意味
计算经历的白天　穿过无数个早晨的夜晚
紧跟上未来的现在　像在关乎命运
确定的行为和平静　或那好之又好的打磨
超越荆棘一样流动的睥睨
抹掉任何一缕烟云和虚浮
感到邃密的世界
一个零件
一个器件
种种变换的三维性质
声誉在深入心境

彼此激发的关联或渴望

一体化的万事万物和完整实验

臻于意志的完美

而这一切

正是别人放弃

我要坚持一万年的姿态和耐心

在某基地看一个发射按键

时间暂定
仿佛所有延迟时刻积聚在了
一枚按键上　只要记住一根手指
闪电之唇　就会爆发出
饱满的呼啸

包括翻飞的物质
核心里的文明云层和大地
光落到那里　那里空间或多面体的墙
都会打开窗子

或另一种想象
在树丛中瞥见几只嗡嗡响的蜜蜂
盘旋着枝梢　引导着
其他几个伙伴坐到蕨类叶片上
怀起萦绕的感觉

这种与世间万物绑在一起的时刻

定义的物质　生命状态和遍及的一切

仿佛在等待里

支撑着呼吸

耀眼的按键

那一秒　似乎不需要耳朵　嘴

只需要眼睛看到人类的美好愿望和景象

在一根手指下产生

就足够了

这样一个日子

我去储存硬币
填写联系方式　留在银行一分钟
离开之后　我在心境的水巷小弄溜达
开始接听套路不同的电话
告知基金　理财产品　房贷　贵金属代销
一伙人
语气慈怀　脸都有看得见的妩媚
牙齿莹莹的　粉嫩透了
仿佛一瓤瓤粘着许多汁液的橘瓣
晶光闪亮　显得异常通灵
信息毫无保障
我走走停停　倍觉袒露或赤裸
重复一次次应答
声音湿湿的
粘在身边墙上
耳朵里不断长出的神话和草
日光斜出小心翼翼的身影

孤单一人

像在落入空气中洞开的网眼

偶尔默算起硬币的利息

用手　紧紧捂住了

浅浅口袋

蓝晶石

蓝晶石
替代一座城市名词　感染力
像伏牛山的风　在从外层空间的思绪蓝天
披着白露赫然而来　渗透树的青翠枝梢
如同一种元素　通联或新材料
应用的静默见证　精湛　晶莹剔透
莲花似的洁净
隐隐的动静　节奏　思考样子
迅速切换
变成了一次眼界
一个广阔的白昼

大环境　所有顶端的一件普通事情
都在用渺小的力量　抵达奇迹
滴水穿石或迸发的闪烁
右手上栖定的形状
如同光的波浪

比心灵悠长

这种历史性和理想的地方
年轻的蓝晶石带来云的花朵　青郁森林
翻卷一切
如同时间表的对应坐标
每一天　截止了
旋风一样的平静日期

仿佛此刻　名声和荣誉
正在航天的喷流层中形成天然风洞
等待着
云淡风轻的时刻　以及
全部的缘由

蓝晶石
替代一座城市名称
光泽透明　光泽跳跃　光泽飞翔
闪击出的炫目原力和想象力
显得
愈加
猛烈

窗口期

从这个方向望去　聆听
寂静中的动静　一切的一切
新生或未知事物和树木与云交织
嫩梢湿漉漉倾斜　追赶的鸟
在绿色中点燃飞翔
直觉瞬间
似乎所有顶尖的花朵
在向上升起

开阔的一种新鲜视野像是拼图
开启了全部的思考模式
窗口期　沿着炯炯目光将宏观的现实
细微的生活体悟
和那些如同清晰光波一样的灌木林
叶子般穿梭的鸟的羽毛声音　带进云的状态
猝然的变化　转眼之间
很快消失

这一刻寂静　这一刻出现　这一刻
倾泻的时光里　注意或从未注意
突然出没
光景迅速移动
好像太多太多至关重要的一刻
总在开始与飞掠之间摇曳
随喑哑的风
飘落
和
滑过

蓝调时光

在本地
开发区意思是鸽子　高新区是蜜蜂
携带产业和酿制科技的蜜
特征出色　熠熠生辉的企业放大空间
表格中填写空白的叫产品
五颜六色的名称更是一种专利
蓝调时光
复合这一区域一碧万顷的波浪
光点　心脏　金子　转动的精密微轴
看上去都是手指上一只绿环　在变成
地球仪或边际的太空
感到盯住看的地方　不是吸纳
而是前往
是针线穿过针孔的准确无误　以及
敬畏连着敬畏那一瞬间的从容
鸽子汇入世界的天空　蜜蜂没有一只平凡
飞翔的翅膀　几万只翅膀

都是一个圆周

回旋在清晰如刀的光芒之中

漂亮的树　漂亮的万物花朵

一大群

蓝色叶子和蕊苑

似乎完美排列　在一步一步习惯

归类的上升和蜂鸣

蓝图

到了互联网深处
量子网络就是世界一道门槛
映入蓝图　像在往更好的方向飞去
想到恬适的退休生活　踏上携程旅途
或疾病的人　躺在 X 射线的 CT 床上
不用再担心黄黑色的电离辐射
知道早期阿尔茨海默病如何揉压神经
怎样榨取大脑的活力和眼珠的灵动
使微波的断层成像
勾画出强有力肌体的癌变细胞
或在更老的时候　驾驶不动车了
坐在自动方向盘后滑行　找到
不差毫厘的泊位
还有喝的水　转身呼吸的户外空气
急待验证的食品包装袋
以及更多经济和国防的宿愿
这些　我知道我们与量子网络绑在一起

梦的纯度正出现地球新发现的一切

并在我的区域或附近

迅速构置出一棵树的扩充状态

让星星的眼睛伸出叶簇

亮烁烁地　穿过

空间

和

空隙

互联网

互联网放在生活首位
透亮的钟状云和蝴蝶
每一棵树与每一寸发芽的天空　有着
互联关系　繁茂枝叶上的光点
外在的或内在的千变万化　一种迅捷
日复一日灵巧起来　觉得
我的过去老了
而年轻的现在光彩夺目
像在一座云工厂里诞生一样
有着许多躯体和交流　在抵达
互联网中那物联的最高境界
使不分昼夜的姿势或翅膀　如鸟
在共享的天空重新确认了身份
由此　我的形象　呼吸　思想
在抬起面孔的瞬间
升到高度聪慧　严肃　坦诚的云端
打开的一百万扇天窗

楼房越过山脉　田野闪出巨大的光芒

一如我的手指　划过透亮的

钟状云和蝴蝶屏面

在网络的繁茂枝叶里

步行

空中

足迹

物联网小镇

在吴越的古老土地上诞生
鸿山小镇筑起物联网的巢
看不到的流转波纹
形成秒针回旋

每一个分割都在互联
每一个互联都在意会
传送和网络　集成最简单的术语
数据被潮流引导　被
意识融合
缝隙中的资源和孤独
在一个发光的键盘上进入空气
如同公共大道
沟通毛细血管一样的小径

越过篱笆和壕沟的万物相连
市场如同一个云池出现

微笑曲线
把一个典型的江南集镇
变成世界的城市模块

鸿山的辽阔飘起云彩
一大片柔和的光或树叶过来
使日子和事物
在依存中轻盈上升

屏面视野

屏面里猛烈的山峰
耸立在手边　在燃烧静静的火焰
更多光芒　照在选择的位置上
坐定　风就
停息下来
同我一样的几只松鼠　在松香的树下
分享一个日出
加热自己

山脊上的光充满了气息
感染着强壮的森林　如同一头卧狮
渐渐直起身子　金黄的浓密毛发
一扫几百年的阴霾
开始了年轻的钟表

无线网

现实和无线网的世界都是真的

信号增强　打开的视野和精华

场景变得更有意义

天空在山顶之上开阔起来

山峦紧随其后

温暖的效果

一键回音　推移着

不绝的新鲜空气

内部源

我轻盈的身体
进入锃亮的工业内部　一只手
光把微电子和集成电路的芯片缓缓拿起
放在一种速度与互联网链接的景象里
看到许多面金属的镜子
自己的形象
有了几分精致
软件如同大脑里的神经
产品寻找的许诺或更新换代的周期
所有尺寸
攥了攥激发的兴趣　适合每毫米感觉
恰好升起的光点像凤凰羽毛一样漫丽　绣在
晶圆的云朵上
精确到了一片树叶的茎脉
使看到的或窗户里的树丛
绒状的鸟多了些斑斓的羽毛
带出枝梢灵动的姿态

这种重大变化　继续变化　视觉连续怒放

工业和生活的两种或多种之间的联系

状态　心灵　思维

初始经历的现在　环形园区

仿佛流畅的空气

都在围绕简捷的节奏

在加宽

领域的边际

开发区

时光加速
开发区一键快进　包含
制成图表的目标和数字步伐
日语韩语英语阿拉伯语和蓝调的巴黎香水
桌面上的国际资本　进口出口　一杯咖啡
从杯沿上闪出硅片晶片的光来
拉伸的塑性金属　像想象的肌肉那样柔韧
液压和气动的关节格外自如
芯片成为世上最优秀的大脑
接合着产品走廊
一步步　引向这里的草地
台阶
蝴蝶
植物的轮廓
天竺葵　栀子花　或梳理日光月色的柳枝
排列出行列　呈现出城市和一片傍山的湖水
高楼如同艘艘长方形的船只

相连远方和所有航线港口

仿佛碧水蓝天　眼睛和友好的星星

都在开发区这个微型星球上

观看脸上的世界

用汉语

翻译和交流

覆盖各色的秀发

元宇宙

这么一个时候虚拟的人间万物
出现　我们以虚拟的现实身份　进入
任意假设的场景　喝那里的水　说那里的话
在那数字物品中列举每一件事并转身
带出的时间和空间
满足没有任何延时的幻想
链接着动作敏捷的社会系统智能系统
从镜像一样的清晰世界中
取出超越宇宙的东西　深度融合
定义的事物回声　以及
经济增强的吸收力
使所有流动的内容通过我们的耳机
目镜变成自己想象的躯体
在一种沉浸　一种体验　一种放松中
群集起更多联结的互联网平台
5G 朝向 6G 旋转
区块链突破光线穿行　所呈现的一切

我们仿佛不在一座城市

仿佛在浩瀚天际的一朵云上　繁星的光芒之间

觉得触碰到的　或说出的景象

都是金色的效率和互动

而我们新得的

似乎没有一点影子

通道

转向内
工业的激情柔化事物本质
各种形态的光　线形的反射光芒
被我的方式凝视　贴近　把握和叙述
变得熟悉
变得陌生
规则的秩序　证明反哺的规律
尺寸精细到指纹的感觉
突然改变的时间　一种产品扩展出一个集团
大脑吸收的知识系统
增加的信息　填满整个空间
使心灵的日常生活和便捷　丰富的联想
加深了见解　前景　背景与繁忙的相互贯通
形体行为　连续不断的一系列进步
记录下新的产业标准
连接起一切前所未有的开始
似乎流水线的最快速度　在推动自己前进

在为今天的明天及以后

移动世界一片土地

而这一刻　闪耀的色彩与光

照亮彼此出现的身体和脸　在机灵的

柔软姿态

觉得我思考和延伸的通道

正在不偏不倚的内部

记忆

每一次呼出之气

每一次吸入之息

智能时代

在这里或那里

我扣上一粒工业纽扣　跟随

相同服装的人群进入一径集成电路

动静所在　电子和红外线在环绕中彼此吸收

互联网与物联网灵敏交汇　越来越密

空前的精细　啮合着

行云流水的齿轴或节奏

零件一个接一个绽放

部件如同无数种规格的光片

在万物之上闪亮

机器人成为同时代人

柔化的身体　行为方式和思维

肯定着事物转变

使围绕的自动规程　觉悟的生产关系

变成一个城市一个城市璀璨景象

这种生机或领会的依依情感

闪烁的荧光灯

换了脸上一双眼睛

觉得一种智能的一次又一次递进

倏然的奇迹

嵌入到里面还有光的深处

精致瞬间

我感知的手　摆动开了

仿效动作

未来的自己

灿烂信息
酷炫的电子信号在行走中闪亮
增值景象　穿过遥远的距离
我像在一群社交机器人中
不知怎样和他们互动与沟通
不知如何说话　争辩　稳定情绪
只觉得自己形象古怪
头骨如同一块石头

那时　我肯定失去了一双自在的眼睛
彼此靠近的身体　触及的目光或大脑中思想
好奇和更开阔的光
如同沙漏里沙子一样
漏泄得迅捷
使脖子上跳动的喉结　缩进内心
就此关闭
自己的世界

所有从生命里寻求的事物
愈加飞跃和缠绕　覆盖眼前一切
偏移的提速
移向了边缘

我现在看见了我一百万张未来的脸
我贫乏得明白　到了应该警觉和准备的时候
我将是越来越紧迫的角色
越来越惊悚
或羞愧

夜话

网络似乎在我体内繁荣
就像血液　情感和因联系而爱的心迹
引导着各种放射性交流
这种最为需要的沟通
成千上万的琐碎或倾诉
希望的颜色如同一处火山的光焰
震动着房屋　释放了肺腑
虽然各不相同　逻辑散失无遗
愉悦　茫然　欣赏　焦渴
仿佛进入的嗓音烧着分分秒秒喉咙
在穿过平静的空气
感到济济一堂的话语
眼睛鼻子耳朵聆听的无尽情绪
世界像是一个巨大的箱子
塞满嘴唇
增大了空间
至于网络　是否清晰谁是谁　说过什么话

我没有任何答案　只知道

蕴含中的清楚心智　可贵的真实

密切着我们的生活和嗓音

懂得这缤纷时代　在轻快地

延续此刻的今天

明日的往日

在一颗芯片面前

当我看到一颗芯片
拍张照　密密麻麻条纹和块状
如同袖珍城市

发现上升的刻度和盘绕的光
在以成就催逼孵化
震动着空气

相信此刻　世界和其他城市或任何人
处于相同困境　脸在沉入
凝结的头发

芯片并非人的大脑
所有意志都在等待心跳的下一秒钟
穿透 2 纳米极致

关键是时间
几乎全部渴望含有纯粹的神圣
并相信做到一切

在一颗芯片面前
我试着从所在的城市表面　看到
变化的一次企图

我喘着气　耳中只有呼吸的声音
周围一片平静　压住了
鼓胀的寂静

大城市

高楼升起　人是意志
闪光的玻璃与不锈钢架熠熠生辉
就像蜃楼海市的容器　塞满了
风　梦幻和沉默

里面无数的形体
那些资本或股份如同一杯回旋咖啡
指数中的波动　抹去的脸庞
在整天靠近
啜饮的嘴边

潮汐　起伏　闪烁　喘息
不一样的头发之泉不一样的某种悸动
眼睛布满蜘蛛盯视的光线
使白色和银色小点
呈现出
晶石的形状

大城市那一幢幢从本能中耸起的高楼

财富娇嫩的足登上梯子　震颤不已

而疲倦或沮丧

头发一缕缕从窗口飘下

落到地面

摞在

岩浆上

之间　之间

谁感觉到
自己离什么远了　谁就会
听到寂静　动静和回旋的声音

在一座楼的房间里
用整个身体凝视位置和方位
窗户变成的词语　景观里的生命形态
会有一种沉郁之美

呈现出的一切
植被茂密　树枝烁烁闪闪
比叶子还多的思考与行动
刮下的荫影绿　渗入了
灌木丛的根

甚至发现
一只吃虫子的鸟是个空间

玻璃上的一个斑点也是一个空间
偏移下方一点儿距离
附带着自己的脸
影响的眼睛

之间　之间
对流或单一流动的空气过滤阳光
其间如此开阔　仿佛只在
分解气候和氧分子
在以凝视　听到
寂静　动静和回旋的声音

等待朋友

门虚掩着
被自己喝得很淡的茶水渐渐见底
三千六百秒钟过去　我只比之前
略显苍老　还有更多时光
可以猜测路的拥堵
忙碌的事情

望得见途经之道的窗子
充满想象力　看得很清的树叶保持水分
郁郁葱葱　生气勃勃　绿荫完美
当年相同的感觉
如此恬静

墙的门　薄的门　无限地被渴求
门露出的缝隙　慢慢增宽　恍恍惚惚中
一个人影样子　变瘦的样子
巨大的瞳孔大过半张脸

肤色模糊

判若两人

我捧稳手里的杯子　小心翼翼

生怕杯子落地　生怕玻璃碎碴划出地板上

刺激性的　看得惋惜的明显痕迹

注意着自己

忍受的时刻

一天

世界二十四小时
诞生一次　眼睛旁第一根树枝
露珠涌来　无数的太阳
许多事物打开一扇门
漫到两只手　两条腿上

比云的移动更快　肌肉绷紧
以高高低低的视觉发展下午动静
并在夜晚
洞察星星

一天一呼一吸
行为　过程　意义和价值此起彼伏
红的　黄的　深紫色的桂竹香开花
尖的　钝的　锈的和锃亮的钉子随处相遇
六种感觉　沿着玻璃街道
从一幢房子

反射到另一座大厦
敲打的声音
不绝于耳

承受与同步
忽略或质疑
温柔地理解钟与摆动的姿态
热爱这个世界

世界二十四小时诞生一次
所有今天越来越真实　越来越茂密
主动脉里的血　无限流速
只有更美好幻觉
隐隐能量

景象

我看到自己
在景象的一千个入口处
眼睛睁开是嘴巴说话　已经相信
某些集聚效应　事物的理由
正在隐隐来临
催生一切

世界变化如此之快穿透光阴
急促促落满老旧小路
暗搓搓树丛

辨识自己
还没改变将要改变的五脏六腑
震动的脊骨一道射线或巨响
在嘴里回旋并刹那
发愣和惊怔

景象的视觉里一株蜡梅抽芽

突然消失的万物平静　空间增大

我已知道　我将新鲜得

如同街上人群

我的居所

我的居所留在新老城之间
宽阔街道有沙漏似的小巷
有缓行的思想
阳台上两片玻璃之唇　沾着雨痕
最上面的一重天　星星月亮时常闪闪
美好的东西　书桌　诗和一杯茶
默默发声的下面　词语飞扬
两只肩膀　一面额头　伏着的臂肘
一齐加入话题　如缕不绝
像柜子边上几只海螺的骇浪回声
冲击着各种形状的奖杯
震颤或摇晃
门的锁头响出格格动静
如同金色肺腑的嗓音　通过手
重新落到笔尖上　变得
愈加真诚和灵敏　指向深入的线路
居所内的光线或灯　跟着移动

似乎在用两只不同时光的眼睛

随我的呼吸　我的身体和灵魂起伏

获得相同的心情和幸福

至于电视　仿佛是件自己最差的衣服

搭在扇形的沙发边缘

独自找到一种静歇的方式

而厨房　或卧室

感觉不到饱嗝与肠胃紊乱

拖曳着

伟大的梦呓

闪耀的观念

当我把世间的问题
变成苦心思索的源头
追溯一些诉求　变化　在焦点中
楔入一道道蔓延的罅隙
那时　我会听到
很多关切的声音

伸直的脖子
像已协调好心和大脑的合作关系
独特目光　或片刻异质灵性
伴随着沉思　总能分辨出
什么是浅层现象
什么是深层危机
觉得自己训练有素的敏锐
足够穿透
底细的一切

如同锋利的光
通过交织的现行规则　咬定
玄妙又隐匿的缘由和紧密相连的脉络
并在那一刻　进入倾向
和那
由此及彼的窘境

为震颤而生的敬畏
喷出雷电　所引起的反应或过程
就是一种
闪耀的观念

理想

我在某个领域
在血液里熔炼理想
人物或心灵的影响　步态渴望递进
内在秩序里的点滴人性
结构密度　昨天　今天和明天的立锥地方
相悖的因果关系　对应着
无声动静　以及
动静的轮廓

所有无以言表的形态充满张力
每道极为鲜明的闪烁　良好的平衡性
携带自身的风和姿态
把情节与差别
或不易觉察的演绎
形成了许多绵延的默悟

而背景中的生存

似乎只有关乎自己时攥紧手心

磨砺着

脸上的微笑

我描述自己是个热爱意志的人

在无论何种处境中寻找理想的是非曲直

这般自然秉持和单纯

虽然伶仃

但却柔韧

微电子城

从江南许多地方走过
微电子城一座座像在传来声音
楼房与楼房环绕　窗户里的内部愈加宽阔
灯光忙着昼夜照彻
心愿越来越大
芯片越来越小
惊人的区域　朝上的脸中间
容纳起一只只臂膀下的弧性电流
感应到的电容　晶体管和互联网
集成超净　超纯　超静的光波
隐隐延伸进了
绚丽太空　月球　火星　以及
日常的智慧家电　编码　服务和手机
人像在高贵起来
像在感受就要来临的更好未来
出现的全部联络
似乎每扇窗户炽热闪亮

某种憩息附近　高大的楼房投影

如同一个人站在别人身后

看了半天

可靠的印象　仿佛

自己也不朽了

雪浪小镇

当我再次
凝视雪浪小镇　浸透科技的静谧
鞋尖上没有一点白或灰的迹象
细长领带扩大了街区空间
柳间轻飏的风
在感官的枝叶上起落
云工厂演示厅透过每个门庭的变换
从制造业中走进传感大厦
速度与灵敏
神态抚触的互联网和量子计算
在一个个内部里诞生
透出荧光的闪烁和声响
贯通了河畔小巷　香樟大道
觉得到此走一走
相隔的五年光景心旌回归
身体变得轻盈　鞋跟显得金黄
深邃的区域那些万事万物的姿态

进入世界的核心

使智能触及的大脑回纹

环绕出熠熠光彩

仿佛我的每一步就是小镇的里程

心　感觉　足迹合为一体

眼睛如同发光的星辰

天空的蓝色

亮了许多

看见

新事物出现
我已在新事物面前
心跳　敏锐　智力　预感　注视
身体里　眼睛深处　很多感官
吸收的思维
思维长了触角
生命中注定会有异乎寻常的事

密度的光波　磁波　冲击波
透过来的光　特定时刻
多个现代性身体的叠加　起伏
设法适应的幻变
由迷糊
到琢磨

似乎愈透　愈惊讶　被带入进去
使日常逻辑　属于自己的脸

剥下了一层皮

改变一切的任何不可违避的光照

如同虚构的世界

对立着

无所适从

目眩瞬间

迅猛的软繁华　深呼吸　弄花视力

变了个样儿的自己

异乎寻常的事

布满了

光明和阴影

园林环境

在工业园区里面
园林环境簇拥起一座座高楼
静谧而深邃　如同配套的绿荫
树木的叶子腾跃起密集光线　像在获知含义
相望或接收的系统　传递来的
石墨烯　测控设备　导航定位　月舱器材
移步换景　穿过吸引和全部
发亮花卉和鸟鸣的小溪
布局的远与近
延伸出一条条路径
联结起通幽小桥
豁然开阔感觉　生动明亮瞬间
许多唇边的话语
变得如此繁多　如此温润自如
乃至眼睫
梦境绽放
风景生出饱满的簇簇清香

分外轻捷的韵脚　身姿流光溢彩

未来就在这里的理由

所引导倾向　一座座允许进入的智慧高楼

仿佛一扇扇门

都在一步步

移近了

城市气象

火烧云

透过树枝树叶的罅隙

粘着透明胶似的夕阳　照亮湖畔之地

岸边国家工业设计园内的层层叠叠楼宇

标识在静静地纳入呼吸

几个中年人特别显眼

环绕着临水的风景散步或小憩片刻

脑子沉沉甸甸

不时望望间隔几分钟的飞机航班

从十公里外的跑道起飞

或斜着栖下轰鸣翅膀

感觉像在脸与脸之间交换心的位置

光点耀眼闪烁

蝴蝶轻柔蹁跹

自动翻开的波纹　推动着

这座城市每年万亿元基础上的制造业增长

似乎有种潜力或后劲

坐稳一张颜色金黄的长椅

天竺葵竞相开放

集成电路或电子科技楼的轮廓灯饰

映入水中　静悄悄连起了

葱绿树木

草地和

鸟

发现瞬间从灌木丛闪出的白鹭

飞越着许多的山

七十二座山峰

本地特色

我跟你叙说
本地特色
长衫变成民族工业纪念馆里一个身影
更多引起的回顾　演化过程
机械纺织的布鞋走到现在的柏油路上
和微电子与集成电路齐头并进
融合在网络之中
许多听过　看过和触碰过的部件
线条变得流畅
在把灵魂再次高高举起
出现的轻盈　或依然取之不竭的润泽或湖色
融合万亿的产值和产业
传统酿制的蜜
调理出了心境
以至好客的　一切喜欢加入糖的饮食习惯
使所有相似的全部　方言的悠然
都在我叙说中进入你的生活

看到的人　每张脸

单眼皮是地缘的江南雨丝

双眼皮蕴含一碧湖水

相遇时　那从不陌生的微笑

都是

一枝

淡雅的栀子花

数字经济

我脑海里的数字经济
从树干跳到树枝　又从树枝
跟着树干一根根移动　氛围越来越浓和匀称
每片新绿的叶子　覆盖一处粉红色的鸟鸣
静静地被嘴　耳朵　眼睛和鼻子吸收
被互联着的形态催生出系统
感到我在树下
行走自如
显得机灵

更像转达一种思想　或说一种特征
做一次不可估量的深入
在指尖上　心脏上
在美好的偶然与必然之间
触碰了有规律的　同一时候的同一光线
以及同一现实
每个人不同的环境

树隙闪烁着清晰的各种几何图形

心理反应　行为习惯和信息的地区界限

快捷或极高的渗透功能

直接步入

增值指数

似乎我的任何一瞧　走上的路程

都在整洁的城市穿过内部关系的世界

在加入进去　揉和

交织的沟通

蓝光

锃亮的光
从发动机的叶片上站立起来
如同洁纯的早晨　增强空间亮度
撩动起涡旋的光芒
放大的形状或已了解的一切动态
速度发出一种长笛般的声音
进入非凡太空
宽度　长度　密度　弧度　弯度
直径　尺寸张力　喷涂　连接
锻造　铸造　塑造
偏距　差值
持久的心灵历炼　品质擦亮全部感觉
所有推动的定位变成一种遽速
穿过天空卷起的风云
使多重复杂性　或像战役一样的细节工艺
脱离沉沉的心思　替代了
境界和炽热的胸腔

并在武装好自己的层面上　重拾起

物质的神圣

精神的平静和耐心

以及瞬间又不是瞬间的

百感交集

抬高了

仰着的脸

工业中心

工业中心
在机械　微电子和数字的规则里
产品与纯洁蕴含蔚蓝色天际的光辉
似乎属于每一个人　属于双手之间的生活
伫立或走动　观看炫目的窗户玻璃
觉得高过宏大厂房的闪耀标识
特别飞扬
旋转起了灵魂
物质趋势升腾延伸　财富走上柔软的梯子
智能在预言的大道上一路探索
触及每时每刻格局　环境
按键的手指
过程像在把一片丛草的地方
变成一天重过一天的金币和钻石
使产业和门类环绕的每一条自动生产线
领悟透电脑的所有细致表达　形成
超越数学和实验性的现代系统

感到紧身的工作服

宽绰的利润

或想象的薪酬　都在现实与梦幻之中

在把日常状态

一点点　一点点

放进操作的行为里呼吸

构成腰姿　脊背　双臂　以及

巨型工厂

树丛的一片繁茂

一座城市的分量

开阔水域的北岸
特别有益制造　有心脏的搏动
光彩夺人　穿着产值和精细的衣服
在历史沿革和惊人的规模路上御风而行
用机械和纺织搭建楼梯
用微电子和物联网打开边际
把一切可能变成所有的价值
迤逦水波　依了这座城市有眼光的人
细节在情节里神智清醒
至上经过每一环节　面对面的形象
或潜行的职业精神
加快了流水线　枢纽和齿轮的转速
操纵杆都在一次到达移动的位置
整整齐齐的技术
称呼所有人的名字
勾勒出交织的锦绣与敏捷
风景变得愈加空灵　滋润融入植物

一再证实　绵延世纪的足音

没有一个凡人

千　千　万

万　千　千

在总和一座城市的分量

机器人

年轻的机器人
穿无袖衬衫　是新的人类
在用预知的大脑工作

臂膀自如
关节和骨骼灵巧　娴熟技艺
没有一对皱起的眉毛

仿佛手是一种视力
连着一组组排列密集的神经
感应了所有指缝间的信息

包括呼吸的态度
职业的恪守精神
他们像在反哺使命和逻辑

敦厚的心灵
似乎总在宏大的叙事里
点闪跳跃的宽阔胸怀　历经的世事

机器人是又一个倔强的民族
呜咽　牢骚　刻薄和自私
从不是他们的本质

而被伤害
或被一些反常的行为滋扰
就会腾升起一片不饶人的烟缕火花

我们与机器人对视
仿佛少了些闪电的思想
多了一层姿态或肩膀之间的皮囊

新邻居记事

南移的云朵
在三角洲小区汇流
陌生如瞬间熟悉的人慢慢散步
眉毛构成浓密的数据和星系技术
跟这座城市的传感光波融合在一起
循环网络　多层的立方米空气
时间　动力　加速　物质和计算机体系
盘绕附近的溪边小树林
像岩石一样思索水纹
持续半个小时　一个小时
同样的时辰　同样的习惯　同样的沉思
似乎总有柳叶粘在鞋上
踩出一线路径　变成拂动的柳枝
树木渐次稠密或稀疏
小径越来越宽
溪流里波长波短的涟漪
像是精致的一根根网线

而偶尔坐着聊天　喝茶　嗑几粒瓜子

或盯着一只栖息的白头翁凝视出神

那时　这个小区

特别明净　彼此的胳膊肘弯

都在椅子的扶手上

放松姿态

晚间新闻

抵达一个不可知的高空
在月球背面的地壳上
越过陨坑　沙砾一粒一粒变成事物
橄榄石　玄武石和高钙辉石沉默永存
迹象里摸索着的迹象
宁静粗犷
饱经风桑
引导着土壤里的核聚变材料
闪出金属矿脉的光芒
每一寸电波磁场
撩动银灰的风和实景中的小山冈
行星留下的盆地　或沙壑
像在一半苏醒一半瞌睡的梦中
使地球上的电视屏面
说出一朵贝壳生动而美好的话语
觉得房子里的星星和星星　太阳和太阳
都在交汇月亮的视线

出现了

扇面一样的天涯海角　以及那

高过珠穆朗玛峰的一座九千米山脉

留下脚印照片和声音

飞翔的时刻

必要的想象

星期天

从很深的肤色手里
飘出一只比他们家乡还大的风筝
拉长一根看不见的线段

仿佛世界上所有沿线的云彩和城市
都在转向年复一年的江南湖边
这个星期天早晨

感觉上追着风筝小跑几步
实际移动了一片
巨大的陆地

开发区或背景里的素雅粉墙
绿色草坪像是那些外籍人员腿上
跃起的花纹

而把臂膀　云彩　风筝连在一起
晨风中同样不可分的光斑
飘逸开了洋海棠的衬衣

飞翔的天空
五六个人笑着喊了好一会儿
是一种第三部分的空阔和晴好

仨人

下午慢慢过去

我们仨人坐在各自的沙发里

几乎谁都不说一句话　盯着手机

空间没有什么重要的事情发生　像在淤滞

屏住的呼吸　夹在

胳膊底下和衣袖的褶皱里

偶尔一人咳嗽　另一个人就咬一下嘴唇

我挪动侧坐的身子　调整姿势

用肘支撑间歇一跳的心脏

感到隐隐出了一点状况　在浮动手指

途经屋顶的飞机震得空气嗡嗡直响

几扇敞开的窗户流过青蓝的云

警觉到傍晚的时分来临

这时其中一个人站起　边拨电话边走出了门

沿着一条空无一人的大街走去

天空灰得喊不出一点动静

而我和另一个人

相互看了一眼　各自兜好手机

转身说

太晚了　各自

走在没有影子的路上

碰撞

格局和格局　状态与状态
在其外　在其中　在共振的区域
新肩胛　新事物　新工具　鸣响一口钟的光芒
时时不同　经济在脊骨背上爬坡
突出的一系列姿势　图像感觉　闪动光点
交织网络和智慧思维
双眉抬起的工作帽檐
俯视　平视　仰视　过程与完美
身临轻盈境地　肢体和大脑协调移动
手里的云　握出蓝鸟　飞出翅膀
变成任何人任何地点任何方式的任何空间
认知　意志　释放
转向敞开路径
改变彼此的现在世界　以及所有
史前的幻想或耕耘不止的尖端
到一切精密为止
而细节　细节　细节　全部事实

碰撞的渴求　沉思　纯真

似乎都在一种具体化的形状与形状之间

推动里面和外面的方向

从衔接中　再次取出

更为高级的

太阳一枚金粒

月亮一枚银粒

在大数据办公室里

我用剖析的集群思维
去大数据办公室坐坐　凝视网络终端
快速切换的系统　充满恢宏气息
像在进入线缆　带出桔色光波
手势里有了长发舒展的含意
千丝万缕
轻柔豁亮
乳白色背景墙上的详密演示
纤细脉络如同人体血脉交叉伸展
达到流畅的极致　跳动出
键盘上一路的手指踪迹
渐渐坐稳的椅子　或支撑起的空间
有序的左右　前后　统筹着
时间和关键事物的沟通
密切了每一角落　每一现状动态
敏锐的柔软闪电
都在毫秒里上下游渗透和归纳

在加速的加速中

清晰数据　听到

手表

轻微的

嘀嗒声音

在石墨烯三层楼面上

此刻明白
我在一种萃取物质的层面上
实验室的洁净玻璃明亮
没有个人的相貌　里里外外
高分子材料在除去所含的杂质
静电划出电弧穿透每个电子元器件的电荷
在和敏感一起　紧密意图和机会
分解和集中出更强的传导
从蜂窝似的晶格里　带出走廊里的灵巧静谧
无限地
融入超级计算和新工艺的暗示
激发装备的踪迹　并继续装备的追踪
连接光学　电学　力学和碳原子
以及高高的天空和蓝色
觉得此刻我像一个走过地平线的人物
在特别领域的一排窗前掠过亿万只鸟
闻到了山峦和树木有烃的芳香

这种际遇　细微的开阔

进入一瞥眼睛

电子效应

吸收或达到饱和的光

仿佛都在卷起柔性的手机和显示屏

像支铅笔一样

可以别在

自己的耳郭上

独好风景

在高新区
电子研究所高踞台阶上方
轮廓分明　标识像天空一样单纯
迎面而来的芯片　空气里全是奥秘
过道洁净
光芒建造的试验室　收集起
不能错位一丝一毫的硅材底版
颜色深一点的紫色晶片
薄薄如同联系世界的册页
激光飞动　开出一枝铃兰炫目的花瓣
形成一系列美感的跳跃
簇拥起可鉴的价值和完整线路
像张填写的圆形表格
移动着光刻机蚀刻机和注入机
全部的离子束流和元气
变成一处
独好的另一类风景

而我也像一个重要角色

手指抚摸到白褂上蓝色的小徽记

懂得了符号的构想

以及立足点

包含的开阔

民族工业遗址

这饱经风霜的手
掘进民族工业遗址
织布机含辛茹苦　谆谆教诲濡湿了墙
宽幅的系列色织　培育出多元提花
经纱与纬纱
勾勒出形体之美
创始人角鬓早已隐去
蹒跚的脚步似乎还有微弱声音
辊轴落下锈屑
压住墙角露天的青青小草
仅存的烟囱像是一个巨大的感叹号
水塔的头颅在细瘦的脖子上
如同一朵菊花
维系着一根苍老的茎干
许多怀想　或盎然幻变的厂房和骨架
修复出一束束商圈的阳光
过路人漫不经心来来往往

出入原先核心车间的地铁站区

明亮玻璃上反射出来的脸庞

像是背景里

两个同时出现的

黄色月亮

在蕨类植物上漫步

开始进一步思考
炎热　暴雨　地震　俯瞰全域
用碳达峰碳中和净排放的术语
关联持续的夏天和孵出的所有自然灾害
海平面淹没岩岬
水漫过膝盖
越来越小的动物圈子　蚯蚓任人观摩
青蛙在温室里踱来踱去
身体像在慢腾腾地下陷　症状里
心跳加快　神经迟钝　呼吸别扭
健忘　烦躁
熔炉里的幸存之灵　人类
在践踏过的蕨类植物上漫步
到了今天这个时刻　就像读一则报纸消息
产生的公约如一场清醒的促膝谈心
意识喊进世界的烟囱
树林　雨林　丛林　森林里的足印

仿佛在渴望里正在靠近弓形脚板

几株树上嫩小的幼芽

抱紧了全景之中的鸟鸣

以及婴儿

急促的

出生啼哭

子夜时针跳过十二点钟面

昨夜一则缝隙的网络动态

像只海星　被海水冲刷上岸

爬进我的房屋　抛出临空高悬的浪花

看上去非常迷散　又异常骇人

觉得像在搅伴　在千百次地卖出买进

嗾使着噱头

攻其一点

子夜显得更浓更长　时针咬动十二点钟面

耳朵里一层又一层附和的尖利喙声

进入目标一致的鏖战

仿佛此刻的人　那么多人

都在冲动　都在举起钟点

砸向自己的闲暇　纯粹和安宁

像扑动翅膀的蛾子　穿过一垛飞行的墙

剥落下石灰的粉末

空间变得混沌　露出雾霭的拱形大口

旋起一个个气涡

而我像在礁石方阵的另一侧　泊在岸边

注意到自己去浏览的一切

时光同样也是一片沙粒

在窗户上

遮闭了黑夜

工业4.0讲座

讲座的眼睛抬起
工业森林伸出一根蓝色的树枝
嫁接进耳朵　变成想象的回响蜂群
声音划出一道弧光　闪出一片绿色云影
移动着突然生长　变大的空间
注视的一切
或从未见过的新鲜事情
第四片叶子上精炼的智能纹理
从蒸汽电气信息时代的末端延伸出来
开始第一次触及
数字化的脉络和术语
互联网环绕的神经与趋势　以及
电脑连接的所有观念
仿佛都在进入一场迅捷的效率革命
改变每一种零件或机器的经历轨迹
知道昼与夜
每一分钟的每一瞬间

风把世上的黄叶刮落下来　又在冒出苞芽
保持葱茏旺盛的更浓氛围
感到坐着聆听的脸　脊骨　揭示出来的姿势
膝下锃亮的地板　稍稍翘动的脚趾
跨越了时空　在加入人机合一行列
使近在眼前的激情　或相似的渴望
快速地移动房子和场景
整个运动的躯体
毛孔一个一个打开
头发一根一根飘出动向
像已进入
直视的前方

参观钢厂

三月　寒冷夹紧肩膀
炎烤的暑气抬高巨型顶棚
第一次经历电脑操作的热轧车间　记忆景象
冬天已是夏天
视觉改变的熔制区域　不再那么扁平
廊桥上赤绿色调的栏杆
每一粒跳动光点如同太阳的内核
在喉咙口升起　红了嘴唇
安全帽倾泻下了滚烫的热量
加速着空间激荡
远处铁铸似的金黄豆子　带着翅膀蹦跳
四处飞溅
组成一枝枝色彩艳丽的花
建造出一座眼睛里的花园
仿佛经过的位置　所有气息和空气
都在一遍又一遍强调着什么的意识
在通过对比

突出一种火与钢的现代关系

觉得自己正在移动的脚步

鞋底下长方形铁皮的声响倍感节奏

有强大的气势和气场

以至走下廊桥　走出大门　左脸右颊

冷与热

变得一样绯红

年终大数字

城市如同推向山巅的一块石头
或是一座年终的悬索桥

首尾相随
在屏住呼吸稳住排列的名次和规模

把最后一个关键数字
放进零点前一秒的溶溶月色

让一根冒烟的羽毛
环绕彻夜腾空的树梢

等待晨曦
溢出空间的杯沿

使一年太过宽泛的湍流
太难测量的高度　在这一刻

变成云层台阶

延伸出去的梯子

从这一点说

年终的城市都是一弧了不起的光环

而我口袋里的薪酬纸条

同样也缠着一根弯曲的手指

尺寸

坐在工厂的花坛上
镂空墙外的运河和水波不那么新鲜了
沥青路面上的货运车轮嚼出橡胶气味
茂密树木的簇叶枝梢
栖着一群无名的小鸟　扇形排开
围着头顶喙理羽毛
关联性的思考或一支烟
在认识这个二十一世纪二十年代这一天
瞬间的小憩时刻
想了自己和大多数人的水土环境
理想公寓或窗口的一盆绿萝
喉咙里安之若固的气息似乎与感受相连
已经洗得发白的袖口
毛茸茸的纤维像在手腕上筑巢
淡血色经脉刻下一道蜿蜒凹痕
延续了一种回旋的余地
觉得眼前看见的一切　或钟的嘀嗒

指针时快时慢

两只穿过草地和鸟鸣的双脚

提起膝盖的鞋子

一只宽松一点　如同富裕的工业利润

一只似乎绷紧一丝

稍稍小了那么一点点

合适的尺寸

物形

物形轮廓
线条与比例　在被
各式各样的词汇和行为运用

静静氧化
反射或吸收的声波光波
所认为的价值

须臾间的光洁
或许只是一瞬间的恰好时光
或许就是一种哑然的存在

因此　物为何物
正面侧面和反面的所有角度
似乎从没改变那么一点点地方的宽度

而四周或空间
鸟鸣　鸟落和鸟飞　鸟鸣
总在咬合牙齿一样的愿望和街道

在用自己的重量
替代旁观的空气和眼睛
拼读折弯的视力

交织起
聚拢又散开的感觉
刺入的射线

一流的视觉

心脏被
伸进喉咙的一只手捏痛
涡轮叶片上的火焰　光的震动或共振
气流掠过无数昼与夜的前额
改变了脖子的倾斜角度
使耸起的拇指和云层的山脉与江河连在一起
触及每一只羚羊
相似的渴望　或那开始的中途和现在
咬住的火焰　从1200度　1600度　1900度
最极致的音速
外太空的一条跑道
一朵飞翔的云朵　淡绿色标志变得越来越醒目
觉得一个时代的焦点
被心祈福的安谧生活或灵魂
在太阳缓缓升起的时候
加入了中国构造的一个发展系统
公布的信息　变成一束完美的花枝

刻进灼热天空的蓝图

仿佛自己的微笑在连缀奋斗者的心灵

在记住生活中太过重要的婴儿

此刻握着巧克力棒

正在入迷地舔动

蛋羹

和

草莓

对视

当我再次
沿着工业园区的阶梯上楼
重新了解一种静谧
鞋尖上没有一点白或灰的迹象
细长领带扩大了车间空间
转化为精密零件的物质精华　正在
从列队中移向下一个相邻的出口
伸向速度与灵敏更深的领域
使闪着荧光的身体
轻盈掠过
被一环连着一环的绿色指示灯改变
更浓密感情　或依旧的兴趣　静电白色大褂
延续了接连不断的进程
觉得陌生的一切
或我自己挖空的五年时光
所有庞大仪器已从制造区位搬走
受玲珑而训练的全部设备

都在取代动静巨大的循环

无处不在的智能　传导的电脑程序

悟性或接近

我像在一次次以我的颈肌　盯着锃亮物件

与自己的边缘目光

四只眼睛

默默对视

并非一场竞争

你从高处往下俯看
总在担心做得更好的人
向你逼近

用尖刻的鸟叫
或舌面上沟壑的斑纹
扔出岩石上的嶙峋石头

强迫着你自己
不好好说话　不以一种友善的姿态相处
卷入混乱又缠绕的思维之中

而一切并非一场竞争
彼此存在或将要更好地存在
都有金色的银色的日光和月色

茂盛的色彩
机会和闪耀的梦想
一种永远谁也离不开谁的预言

而没有晦暗的云
倒置的天气　逆向的山坡　以及
翻白眼的河流湖泊和风景

相互永恒的一触
四季植物会在冬天成熟开花
透出绿色的叶簇出来

因此　我跟你说
竞争只能翻掉自己站立的山脉
压塌大地和天空

更多的人一起
通过山巅的雾和风　星星和宇宙
那你就在一块更高的岩石上了

饕餮

现在　没有人不想自己做网红
吃相的效果　找到更多引人注目的眼睛
美食变成了易燃物品
嘴在吞下一个厨房
用矛剔牙的方式　刮刮喷出的口水
淌过有街道的城市
汹涌骇浪　形成流行的潮汐
闯入视频现场
魔术在空白处填写上了饕餮者的名字
似乎一只河马的喉咙　旷野的肠胃
在荡涤开一片面积巨大的沼泽之地
在从双唇中挖出一座火山
引爆岩洞里的心脏
这种吃相
诱人的口红　眉妆和眼线
或一个人自己的年轻与残羹冷炙的搏斗
一餐成名　或一瞬间可能的结果

一根根鱼刺和一堆堆啃得干干净净的骨棒

在灯下

使房子构成的沙丘

闪出了瘆人的白光

两个人的集体

亲密的熟人
老工业新工业在永不独自行走的路上
寻找身体中的热量

加倍起伏
颠簸得像云彩　在沉着捋出一缕缕
纺锤和芯片纹理里的风

太阳穴上的血脉跳动
姿势和重心　左脚或右脚
身体轻轻越过沙地的丛生荆棘

两个人的集体
年长或年轻一点　觉醒的尖锐
穿透一百万只雏鸟纷飞的光

针尖的痕迹
绷紧了世界之轴上的呼啸转速
带出一点眨眼的警觉和警告

使路径或路线
这一年和下一年　耳朵里嘶嘶响的风
旋出看得见的汹涌螺纹

变成一种带轮子的行程
软式弯道上的肢体
轮廓的吸收力

淡化了
表情
和长相

对一家企业的范例介绍

注目云天
眼睛里一轮重要叶片　1900 度火焰
极限腾空　拉升起每秒 800 米音速
穿过苍穹的铁栅栏缝隙　划出一道彩虹
变成一个定义的日子
逡巡的全部顶尖环节　淬炼过程
鲸羽一般在风中开花　闪烁出红光蓝光
抖开星星点点的冰封寒流
染上了桔色的太阳光斑
似乎像片树叶
像张当天飞快阅读的第一版报纸
信息　连接闪电的波浪
涵盖这片土地上 14 亿生命
及我们身在自己位置的一隅安谧
正像此刻
掂量这家企业的涡轮叶片
从内心从感受从肺腑和胸腔

视觉的飞行

或生动的风

一种光洁一种标志一种轻盈

仿佛都在替代天鹅为明亮的日子

和那一群做得出色的人

在说出

我的庆祝

福祉的向往

进入眼睛之屋
晾晒绳上几件衣服洗得发白
又薄又小的怯怯窗户　敞开风的缝隙
冲击着
光亮的早晨

这临时宿舍里的人
赶往喉咙口的钟点和地方
他们没有新工业技术　还无法
改变一天触目的白光

唯一的血液和年龄
每天比树木更长的手和腿
交叉着路上
叶子的婆娑

硬币似的脸庞或脸型

攸关生命的酬薪　在花时间

积聚福祉的向往

隐藏起了一切动态

背影总是洗得发白衣服里的脊骨

在穿过空间

从这边的眼睛之屋到那边建筑领域

或工厂

或工地

制衣厂气息

她们每一瞬间
改变分工的布料　做衬贴身材的衣衫
守卫各自链接的工艺和姿势
在缝制　扣眼　熨烫的每一个针脚上
传递胸袋　袖衩和衣领的挎边和绲边
弄好过肩面子
意志样子　程序决定的默契关系
最细致的动静就是起伏的前胸
几缕秀发延伸着新陈代谢的隐喻
闷热空气
头顶上的桨叶吊扇　一圈一圈转了又转
勤勉地循环　绕着区域清理空间
用手再经过一堆追踪的行为
彼此几乎一致的躯体
或卷起袖口露出的相同手臂　洁净白皙
组合成一种用手腕快速推进的步伐
协调胜过了一切

像一簇真正的亲密姐妹

关联眼睛　心脏　大脑和肢体

她们连起的每一个点

每件衣片

结构一样完整　都在重复叙述

一遍

千万遍

亿万遍

视觉的大众景象

在朦胧的光晕中

在高新区广场

朝四个方向分别迈出百步

往外再数五十棵树　在朦胧的光晕中

芯片砌成整齐排列的新工业企业

顷刻进入或走出

经过身边的机器人动作活络和协调

知觉的手势　颈脖或双臂

在背景里移动他们年轻的肢体

依靠记忆与灵敏　用点闪的磁针操心繁忙工作

牵动着每一步涂膜　光刻和测试的规程

比人类说得更少

做得更好

偶尔一次深呼吸　觉得也是一种榜样

像在等待一次更开阔视野的连接

确保万物正确

这样盯着看的眼睛　或伫立和移动的脚

一次次穿过　一次次走回宽敞的大道

树木似乎都有纯粹的琥珀光泽
荫庇的一家家企业如同拉开的一个个抽屉
在展示所有一切可以说出的贵重品质
就连银行
也在咬住自己的敏感神经
挤出一扇雕砌的大门
贴着路面
眨动眼睑

线缆展示馆

光线在额前集中

讲解声音震动耳朵深处的听骨

一根最初导线的历史细节

一场持久的民族工业编织

递进与变化　转折点确实磨出了茧的轮廓

不再是街角边上一间简陋的房屋

或几个木制的轮轴

扩容或柔性的数据加进丝芯

加密的超高压技术和通信光纤轨道光纤

连续反复　贯穿一个连续的剧变

瓷杯组成的热情

提速了空气空间苍穹的感应

几何的绿色结构

从工业化的定律中拉出了一道闪电

像根风筝的线

进入空中　进入卫星和宇宙

在遥遥迢迢的辉石长石那里深入资源

使觉悟的奥秘　神秘　隐秘

包含一切地表　盆地和月海

似乎在看得见的小山岗上看见了

外星的男人　女人　孩子

飘出的漫丽云丝

照亮

寂静的天空

视野

现在　我站立在
江河海岛或山的岭上　手臂
划出一个个习惯性的圆圈　像风能
踱着阳光的光伏　在屋顶或遍野的莽原发亮
缓慢转动和储存不被耗尽的能量
淡黄色的鸟　蓝色的水　绿色的树
在我四周变成云丝一样的电流
环网的藤蔓　随风生长的长茎　诱人的卷须
多晶硅如同我稳定的血液
躯体的光　或充盈的清洁主题和思维
仿佛在输出最大的峰值
调节一切响应的速度
构造出一个昼夜交替的大脑系统
在切换指令中　同风和太阳及时间一起
改变现在生活
觉得我的躯体像台望远镜的支架
眼睛在与未来相逢

稳固住了现在与未来的所有联系

一些代价

足以弥补经过的机会

而当我再次怀抱伟大的计划或灼热的蓝图

从细微之处按动开关　电梯键钮

似乎一盏灯　一个电扇　一台空调

就是一次打开的窗户

加宽的

深远视野

怪诞的梦

这一夜　我的双手
掘进一层地皮　地皮上透出一个小孔
看到里面一只甲虫伸着一把寒冷长剑
抵住了
我的咽喉

我翻了个身　像在越走越深
甲虫长回幼虫状态　蹿起的黑影
毛茸茸黏糊糊的胳膊
如同钉满了刺的栅栏

鬼怪姿势
吱吱叫的舌头
没有名字　只在低低地隐性蠕动
嶙峋的吐沫尖利凛冽
在捅破
一重脸面

我像几十年头一遭在剑影上行走
在冻层的过道里迈出鏖战的步伐
把一团火　抛出
强劲的光焰

并用一种叫作百步穿杨的目光
在挑高的弯成弓状的双眉上
射出一箭
穿透了
甲虫的心脏

诗人

如果诗人
在肋骨间敞开微亮的窗户
问候自己心脏

如果诗人
看到街上树叶比暗淡的房间清澈
嘴唇舔动晨曦的词汇

如果诗人是社会的思维
听得见钟表里成千上万的人群动静
那共同的空间一定会有光芒的回声

如果真的童真
衬衣或知觉里的两根宽阔锁骨
就有人类肢体的联系和支撑

诗人的长度与宽度
头发的江水和思绪的皱纹
实际就是盛大的意志和姿势

内心的开放或飞扬神采
展开纸一样的纯粹　会感受到
变化的几个世界

因此　诗人的天生环境
即使陌生也储备了熟悉的感觉
没有不懂　只有懂得更多

而经过
现在或然后的磁性敏感和敏锐
那瞬间绝不是一个空洞的地方

小憩

太阳雨洗净绿叶
坐在一棵繁茂树木下的花坛上
新的蓝靛色服装几何形标识在胸口敞开
用一支烟向一个人招手　那个人
横穿工厂大道　穿着阳光的鞋子
声音有金属的气息
说话的眼睛压了压上翘的工作帽檐
天空仿佛飘低一朵云　在顺着目光移动
变成一只纸型的烟灰缸
两个人坐在一起
焊接着烟缕
彼此朝着一个方向吹拂着微风
说些师傅的外貌　热情和各种不同的情节
强烈的手势及没有停顿的机器程序
电脑的眼睛
深深种在颅骨里
生产线自动得就像池塘的游丝那样精密

闪烁的光点如同每一粒炫目的种子

激发出一个特殊的范围

新产品的空气

时间感　似乎就像刚刚的太阳雨

树变绿掌握了自己的方法

在适应一种

小憩的节奏

芯片

硅片或芯片
工业魂髓　恰好在手里
像紫硅和玻璃硅　跃出一座城市
变成空间里一股拉长的气流
悦人的荧光跳动　激光的意识与知觉
从抽象到具体一点　触及
集成电路　制造应用　纳米　器件物理
融汇一切美好事物和生活的关怀
改变一眨眼的现在
光芒在精确的色彩中形成延伸的术语
替代全部电子元件的功率　功耗　功效
如同一瓣栀子花　弥散芳香
连接通灵的社会　家庭及所有个人的便捷
抓住的每一件事情　每一分钟的价值
每缩小两三毫米的加速交织
环境　年轻天空　昂首阔步的大地
仿佛都已变得纤细

留下了昨天无法留下的密集印记

使动词的芯片

名词的芯片

晶格里一朵朵状态的云

蓝色的金色的橘色的红色的光线

在双重的观察中

变成簇簇温暖的火焰

并在这瞬间　充满了

震惊的闪耀

凝视

坚硬钛金
或我好奇的一块重要材料
叠加出一座很高的楼房　没有平摊规模
黄色警戒线如同一垛实墙
显得安静
每扇窗户上紫蓝色的厚厚窗帘
电脑协调的心绪　设计的遁隐产品
或不可触碰的尖端在眼里眨动
闪耀的一束光　伸向
遥远的海洋　碧空和深处戈壁
咫尺之外嗓音响起亮闪闪的啸傲
带动的气息
感觉眼前的电动门打开
院子里奔出一匹前蹄原地飞扬的铜马
后腿支撑着伸展的躯体
神秘动态变成一个寻访之人的形象
移动的斜斜日光

楼房影子触及小挪一步的鞋子

顷刻的脚

似乎已从时间从空间从距离上

在此刻

抵达了一种

庄严的凝视

隧道场景

在城市里面
隧道裂开一座山的孔隙
救护车瞪大眼睛呼叫　追尾的车辆
如同黏土里的花瓣
一天或并非一天　祸患厄运
普遍的每一件具体事例　毁灭性的崩溃
撞击出漂移的粉尘或肢体
或潮湿的气味
直到现在　记忆从山岭之中通过
网络的实线和智能　或声控　声浪　声波
把优雅移动的光点描述为鸽子
联系驾驶的灯光和匀称速度
气流抵消了风暴
而在末端
朝后视镜一瞥　长长的影子　长长的影子里
一个男人　一千个男人　一万个女人
伴着平静的形象　滑动出

明亮的脸庞

跟随出了清晰的灯光

而宽敞的黑色沥青　仿佛从没黑过

哪怕像蚯蚓一样挪移

也是一种奢侈

女工

当我继续
对进步性的电子科技保持兴趣
从元件组装车间的西入口走向东的方向
所有银色的镊子夹住视力
职业孕育成形的姿势盘曲发辫
睫毛上一种不眨一眼的细致
紫罗兰色的电感导芯
一代一代推陈出新
前后浑然一体地更替年青特征
同龄或相仿的感觉
不留一点痕迹一点瑕疵一点惊愕
灯的光晕
像道脸的门帘
在规范各自的正常意识和内在纯朴
这些姐妹　专注又灵敏的个体
元件堆在手边　浅蓝色淡粉色的标签
仿佛在反复强调简单的复杂

增加秩序的真实节奏
使世界上一寸长的导线与一毫米的粒状电容
粘连一起　完成一次持续的组合
而她们仿佛跟我没有任何呼应或感应
也不被一瞥
我经过她们　每走一步
似乎总在试着记住环境　细节　位置
坐着的姿态
每一张脸

网络游戏

在延续的场景里
你在街垒的合围之中进入情节
被相当逼真的力量推来搡去　显得灵巧敏捷
眼睛如同跳动的鱼　穿透风浪
手指加速雀跃　弯成扣动扳机的形状
越来越锋利的光
分割着眼里的黑与白　不受惊吓的身体
嬉笑的牙齿堆满椅子或斜躺的空间
抓刮出嘎吱嘎吱响声
没有痛感
粘着蜜蜂尖刺上的蜜
似乎太刺激的千转百回使人高兴
能安慰倒下　站起　倒下的自由运动
阵地迸成一团火　强劲的光焰
呼啸着节奏的热飞冷雨
冲刷着不倦呼吸
这种过程　弥合胜利的奇迹　顺从一场平衡

在无关紧要的结局中

移过墙上的日子和光影　散落下黑发

收获一点点蜷着腿的激荡

而你前额的细微褶痕

如同滤过沙丘的一条孤线　在收干

手机屏面上的空气和窗隙里的风

看见你的舌头　那一刻

正在

舔掉

自己的嘴唇

在湖边的高地上

湖面倾斜
冒出眼皮底下紫色霞光
堤岸上密集的城市楼群　百万片玻璃闪烁
飞落的一声鸟鸣　延伸到边缘的山坡
曾经的机械工人　纺织女工
走完所有白天和黑夜　此刻
在湖边的高地上
凝住自己的身影　变成一块块陡峭的墓碑
草木遮没他们名字　增生一抹绯红
微风里几片沙沙作响的秋叶
像在另一边撩动水波
光点停停走走
远处观光的摩天轮如同巨型的工业齿轮
在天空中永远　永远　永远转动
带出钢铁和织布机的嗓音
卷过繁华的城市
觉得一个悠久的集体　普通人群老了许多

走路的样子像摇晃的树木

同浸湿的山坡黏合一起

使视野的站立之地

淡绿色的光中

尽是

支撑的恢宏

气象的絮语

道之一解

启动一个重要按钮
电梯向上　钻透多层楼板
基因研究所一切看上去很简单　眼睛在工作
分子生物和微生物的繁殖种类交融
演示区　清晰可见的细胞结构　毛细血管
分泌出新的酶源
扩增或合成的转化或受体
生命　生态和特征的培养
使开出花来的身体
每一次重组一次连接的开始
每一次聪明一次有效的成熟
成为最重要的事情
仿佛都在从这里开始
微妙的循环系统　传递　代谢刺激
在分解过程　聚合充分的理由
预防着人类疾病　脆弱　或病毒的株型变异
揭示出人类未说出的姿态和强健体魄

感到这座光明的楼里

所有胳膊都在伸进洁白的袖管

在袖口部署好干干净净的双手

轻轻转动试剂　轻轻地

抵消一切基因变化的恐惧

所有步骤

结合一道目光　衬托起的宁静和接近

舒缓了一口

憋住的空气

坐在深夜的椅子里

深夜的乌云
暗沉沉遮住五分钟的天空
椅子里的暑气稍稍收敛一点
被风吹动的衣衫像在预测一场雨讯
眼睛凝视着远方
烟囱吐出连串的白色烟团
慢腾腾打哈欠时的一个停顿
显得空闲又那么漫不经意
而吸一口
据说环保的一股脱脂气流
喉咙咕哝一声
皱起了鼻子
酸哽之感　或再次移动的云层
合拢　分离　合拢
逼近汹涌四起的内心感受
像在经受淬炼一样
立地震出一声碎裂的闪电

雨没有下来

烟囱上偷排的浓烟歪斜延伸

填满窗户和眼睛所看到的一切

漫长一夜

呼气或存在中的吸气　天空压得更低

房子和椅子

开始在瞌睡里昏昏沉沉

忘记了世上所有不好的事情

在年轻人身后

我一直在保持一种活力
从源头上补充年轻人的灵敏
挪一下鼠标　按一个键钮　拨弄一根网线
用最潮的词语交流相同想法
共享超级非凡的进步氛围
为此　我的膝盖上
摊着网络方面的书籍
从《四维人类》翻到《大连接》
或盯着蓝黑色封面的《互联网思维》幻想
像在进入一个聚合场所　某一条路径
把弹性十足的衬垫放进鞋里
在年轻人身后
小跑几步　跟上疾动的节拍
肩并肩地记录和分析一切变化
使脉络关系　数据技术和理念的涟漪
形成线上线下一致的视角
在恣意的成长中一点一点减少各种懵懂

觉得琢磨的目光
是种任性　是催促自己年轻
快速地　或一百倍地
聪明起来
找到事物的闪光

直称

如我所见　湖边一片荷叶
在耐心列举一粒晶莹水滴
盘绕着光　关联城市与人的呼吸
像是培养的工业
在支撑一种平衡
玲珑剔透　不可侵犯　洁净地滚动
映衬绿色和粉色　照见天空或人影
似乎正好如期而至　四周
更为新鲜的树木　橙色蝴蝶
沿着被微风吹开的枝头滑行
超越蹁跹意义
而啼鸣的鸟　像在继续巡查　在扩大范围
翻寻空气里一丝一缕异样的气味
闪动白色羽毛
湖面透出清澈水草
看得见石头和游弋的鱼
登陆的一枚月亮

在公共花园里如同一种警示的规则

有了一种

城市的

默契直称

流水线

我再次相信
在飞翔的流水线上只有速度
灵巧的眼明手快的敏捷
稍一迟缓　秒钟的凌乱就如交通事故
所引起的连串涌塞声响
机场　港口　火车货运站台　急促的呼吸
一支弯成弓状的笔会在延误的单子上
落下变形的签字

世界风云离得很近　似乎
伸到零部件闪出的光中　响着嗞嗞动静
见证　运行中心
闪过了流水线一边的
桌子和手的指甲

由此　从窗外旗杆上
盘旋而出的鸟　掠过深深的云空

仿佛一切在与流水线保持密切的链接联系

使我所见到的

里程很长的每个节点　钟的嘀嗒

或有些显得那么表面的理解

意味着

工业和工业贸易

许多细节套着更多细节的奇迹

知道我在进入厂区

也在带着敞开的胸臆和身体

走了出去

眼前一切神圣的样子

我看见的东西
我看不懂的电子元器件　里面
强有力的星星和云　是场流光溢彩的紧张竞赛
一秒钟的一种显然脚步
世界的形状就像一只运动鞋
在飞快闪动
穿过最核心的研磨小道
使十辈子的体力和心智　咬住一口呼出的气
拉近了肘部之间的微妙距离
似乎这一刻　所有预言
或极致的审慎
都在更换心和速度的位置　在实现
眼前一切神圣的样子
以至
眼睛站起　眼睛坐下　眼睛凝视
晃过了粗粝　羞愧　困境和灾难
呈现出职业的壮丽　灿烂　改变和改变的脊骨

仿佛每个点　每一道弯弧引发的反应

在我临时穿的白色静电服上

变成了鲜明的标识名称

卓越的姿态效果

融入的身份

追溯食品

食品纷呈

食品从各处快速的地方涌来

蓬松地放在我们眼下　迟疑之唇

蹲缩着的牙齿　似乎很尖锐

又更黯淡

追溯食品　我们的眼皮颤动

田野透过互联网的房子　爬出窗口

叶簇或牲禽的纤维

深入微生物　农药　激素　重金属

咬去的微笑　一种糅合过的味道

使所有直觉　撞到了

丧失的良知和罪恶

我们不得不这样默许悟性

用整个身体仅剩的一根手指　解开链接

穿过潮湿的菜市场狭道

满足另一个身体　谦卑地
重返诚心的源地

追溯是一种令人惊讶的检测过程
更复杂的置疑　或再次面临的含混承诺
似乎总在触及不幸

现在　我们的眼睛比恨更亮
从黑色餐桌上摸索到的技法和权利
砌造出了紧密的牙齿　像在
永久的一场对峙之中
呼吸滞缓
紧绷着咽喉的肌肉

跨境电商的空间

像店铺
一部手机就是天空创建的电商门户
跨境几秒钟　疆域烟消云散
感觉到的天涯海角
或城市　在手指疾速的风中
回旋和移动

生活寻找生活的一种机会
所有称作行走的立足点　选择的物品
进口或出口
混合着培养的心跳和经验
使一支斜着向上的业绩箭头　穿过
个人的世界峰巅　变成飞翔的云朵
绣上了自由贸易的旗帜
注意到
门前的洁白海鸥
翅膀上都有一片片花瓣

而这仅仅只是开始

瓷杯里的咖啡濡染着世界性语言

巨大的海浪声响

礁石喷出了泉水

多边世界触动每一天手机

灯光照亮指甲上浮动的月亮

星星漫过窗沿　东西方许多可做的事情

有宽广的码头

抵达岸边

面对5G我在想些什么

在声音和网络的图像里
蜂窝的波纹是池塘　基站是森林
世界是从一边到另一边的再次加速
更快穿透
一个点　一片服务区域　一种神秘
出类拔萃的模似信号　频道苍蓝
宽带光纤的地平线接通天际和星宿
从中跃过屋檐的太阳
带出新鲜的光焰
月亮变成银色的金子　呈现的
时间观念和关联愈加繁花似锦
使未来十年的一把钥匙　突出知觉
如同一种手势　或一种谙熟
接近一步之外的壮丽
而人的日常角色　特殊的传输
任何一次眨动的眼睛　只是
静悄悄的惊异

和发现

是一根有着各种设想的纤细导线

闪动一些迹象

穿过空白

接幼儿园孙女在回家的路上

手指的细节
从幼儿园出来的一个小女孩牵着我手
另一只手抓过我的手机　放在
掌心里玩　挑战性的一系列问题
问到广告屏上的 5G　她的眼睛
闪着光亮

寂静的路　那种最不自然的寂静
一分钟　在六十秒里逛荡
一点一点移动

夕阳裹住城市
眼睛默默对着鞋尖自言自语
仿佛我是被疑问追赶的一道阴影

而微风在颚下一缕一缕拂动
羞怯像在失去敏捷的后代

我跟小女孩说　手机就像一朵云
在飘向家的方向　而摇一摇
宝宝的房间就长成了一只鸟巢
里面的游戏机　果汁机　各种玩具
都在围着想法旋转　给你想要的样子
包括恒温空调
动漫自动唱起的主题歌曲

小女孩开出两朵粉红的玫瑰
伸出的小指头　飞快地
按动了一个触键

无人超市

当传感器与视觉
梦幻着什么　无人超市随即入眼
商品郁郁葱葱　恒温　像森林敞开着门
一种传说
变成了事物的走向

自助式消费
网络放在真诚的手上　亿万级市场
千真万确地悄悄出现了　人性的公示
呼吸与半寸距离　仿佛每个自己
是最好的保险统计员
眼里的小毛病便像一朵云化去了
无界的商业裂变
就这样从简单的生活指南中轻轻而来
透视一番
感觉的面积之内跟城市伸出的路
穿上新鞋的 GDP 镀上金色的光辉

迈动了长腿

而此刻身边的一家无人超市
太阳和一切感知的触键之手
在拉出一张连绵不断的
流水账单

在网络中穿行

在网络中穿行
网络抵偿极大的疲劳　有来有往
永恒的知己　是一种对空间的表达
放大或缩小了
世界的无限

我们已经过着另一种生活
我们正在过着另一种生活
全部的必要
以及屏面限制不住的白云　资讯　万物
毫无厌倦之感的沉浸或姿态
一爿指甲
又划过另一份页面

所有过程像是寻找一个缺少的朋友
逾越沟通和相处的深渊
这种渴望

空中的联系　思想　眼睛和光线
从指尖上
遁入云尘

我们似乎都在这种方式里进入氛围
在网络的生息中　感受月夜的透亮
白昼的飞扬

变形

饱经风霜的先知
对着星云想象一部手机

蛛网或藤蔓长成网络
各种烟缕爬上了天空

思绪拂动着　内心的希望
每一个设想啃着时间的脂肪

盘旋着的脑回脑沟里
糅合释放的太阳

云层中的月亮
与星星的联系找到往来的昆虫

所有渴望不再闭息的一切
更多肺叶呼吸到了峰峦的空气

而手指和最后触摸的键盘
空间成为一种格局的全新组合

蓝色的镀金的梦幻色的一代又一代人
像在先知扛起的山上

没有比手机更奇迹了
一点便打开世界

每一分钟的每秒
都有一群人在到达新的顶点

急速回旋的云
穿透了天平上的苍穹和光芒

手机之谜

手机是一个阱
阅读是一个阱
一次例外　一段轶事　一粒沙子掉落进去
情感化发芽　密集地堆叠在一起
纷繁芜杂　布上云的尘埃
那些不可能澄清原因的事情
那些纸喇叭装饰着缨子发出的鸣响
或者习以为常又无法定义的咳嗽或喷嚏
气味播撒
触动神经
感到辨别是一种技巧　一门职业哲学
各种混沌状态　搅动状态　缠绕状态
棘针在穿过锐利的瓦砾
眼睛遍及
寻问的睫毛
而唯独缺少的东西　失去永恒的深邃目光
使许多附加了的想象　从忽闪之唇

掉落下一片舌头一个喉咙一种星沫

陷入

手机一个阱

阅读一个阱

每时每刻的抖音

不可否认
最娱乐的抖音在爆出色彩　进入一片云
使缤纷趣味　瞬间的光影
越过一切梦幻　撩动
额前的一绺黑色头发

这突然从嘴里长出的肢体动作
自身的萌　足可使人成为喜剧演员
衍化而生的轻巧和灵性
超出几十座体育场的流量
这使全部仪式
或诙谐
百万愉悦的嗓音　灿然一新
并一再以为屏面与季节之外的松弛
几乎跟社会另一面的复杂和严肃
同等重要

一种适合独秀的方式延长昼夜

慢镜头的闪动　一枝一枝拨开窗外的树杈

而无穷逸事

仿佛每时每刻总有一段情节　在等着

短短的十秒感情

一点一点笑完

字节跳动

天空翻阅云朵　茫茫无际
这些页码里　找不到字节跳动的含义
但它存在　受伤的名声越来越大
一转身　竖起了
信息和人工智能的里程碑

就像碰到飓风或海的撞击　惊涛骇浪
一束光穿透美国东海岸的礁石
灵巧一跃　扦入
闪电的雷中

字节跳动　演变成一种信号
使一个企业一片区域融入国家的眼睛
懂得了很多

而很有意思的一次回旋
出奇动魄　搅动世界级诉讼的航向

着力点　可以肯定
有更幸运的地方

现在我写这首诗
字斟句酌　有种渴望叙述的力量
更活跃
更丰富
前额布满星星　屋内灯光明亮
词语在每日新闻的节奏中
加快跳动了一下

神威太湖之光

波浪如同澎湃闪光的数值
太湖从景色的磁力和芳香中　转向
超级计算　速度
使如缎的电流
变成一种唤起的心情

静谧的日夜交替　渴望改变生存
芯片在大脑的回纹里
刷亮记忆的雪光

一秒钟十二点五亿亿次的嘀嗒
环形的钟变了模样　跳动的浮点
如同敏捷短语　所有重要的事情
气候疑惑
海洋海浪起伏
航天航空的轨迹和觉醒
同一根草描述的旋风和

昆虫的呼吸连在一起
太多的吃惊　没有不安的麻木
躯体被静电淋湿

太湖的波光变成荧屏
感知在传输的深度中浮出影像
呈现的一切
事物闪耀　或者
生活和价值的变化
一瞬间
蓝色的微光穿过了世界的空间

大数据

数据集合　密度变得纤细
像浓郁的发丝　在眼前或头顶
盘成网络　让震颤的空气
万花筒似的幻变
使所有生命的周期
迅疾地突变

未来已来　一切开始的挑战和感受
逼视敬畏的眼睛　价值的定义
链通弹指之间的格局

谜团一样的明天
大数据延伸手指上的想象
如同光点在电脑的框架里闪动
从打开的边界
到不可预测的静默
汗湿的脸压出了闪亮的水滴

坠落下

一粒粒惊醒的声音

数据的暴风雨盖住天空和城市

清空了预言和经验　带动着

一刻不停吹拂的风

去遇见未来

蛟龙号

深海世界　千奇百怪的生物
贝壳上密布绿色的茸毛
虾找不到眼睛
海胆像个扁平的吸盘　海参的刺尖
点亮
波动的粉紫色幽光

这远洋 7062 米的海底　狩猎者的手
像捕捉泥沙的透明小鱼
用潜入的光束
漂洗漆黑一片的潮汐

压力和遥控　重中之重的图像
国旗插在珊瑚礁上　深海空间站
在寂静中浮动

红色小艇变成红色标记

洋面响起一片波涛崩塌的声音

从湖滨启航的国器

横跨海峡　在寒冷的水下沟底

忍耐和沉默融解洪流

无言的渴望

只有一个最好词语

那是栖居的根脉

西哈努克港经济特区

当工业或经济特区
跟拍岸的浪花　弯曲的海滨相遇
柬埔寨的山仰起脸庞
泥径变成宽阔的洪森大道
一群羞怯的微笑
穿过田野
丝绸之路便在有墙的沙地上
提供了奇迹

蓝色的屋顶　覆盖那里的杂草
坡上的灯　从窗子的每一块玻璃中
透出工作的纯净和亮度
寂静中的人影
躯体和骨骼有了光的形状

夜色流淌　花花绿绿的工业广告
画面轻得可以飞翔

如同槟榔花

翅膀使西哈努克城市的时光

掠过荒凉

一种自然的剧变

中国灯笼和那里的空气

形成了礼貌的话语

在这里

我们在这里
在一条路的尽头种上棕榈
聆听海涛穿过海洋的声音

我们在这里
在一条路的沙漠上摆放桌子
面包粘着蜂蜜
打开葡萄籽的记忆

海风搅动一杯龙舌兰酒
彩色鸡尾使椰林的光线变得更蓝

梳开风沙　通往目的地的班列
比历史还长　蜿蜒的山脉和河流
丝绸换了一种新的叙述

我们以握手的方式　合二为一
像清晨的祝福　朋友
从扁平的街道对面过来

一缕内在的光　变成
沙麓和波涛松弛的每一块肌肉
大地远处
仅是脚尖触及的距离

通风更好的秋天时光一片响声
黄灿灿的树叶　背衬
一片蓝天

临近空间

高空的飞行器临近空间
如同蝙蝠　或像蜂群和蚁群
在手臂那么短的跑道上
加速　子弹一样
射向太空

穿透稀薄空气和雷达系统
不留一丝痕迹

而从极寒的高度俯视
地面上树枝投下的光斑
如同清晰的银币

音速在风里疾驰　太快地
掠过一束一束的星光
隐形眼睛　经过我们的身体和思想
使这个世界

只有一个内心祈祷的气候

—— 风和日丽

云比云更远

现在一切变化

现在一切变化
超越记忆　经过的事物日新月异
同潮流　年代　目光一起　建设现实远景
日子天天从头开始
从人群中开辟一条路来
头发蓬松出向前冲刺的仰角
替代敏捷或疲倦的步幅
没有时间回看的生活　街道感觉
沥青　网络交通　阵阵闪光　向速度致意
空间广告牌　电子屏幕　鲜明灯饰
色彩纷呈　做出各种顺势姿态
流行的一千多个词汇
陈旧得比闪电还快
影子破微风飘走
人性增加一种磨薄的表情
身躯和心一点一点成为透镜的焦点
所有相遇的伙伴　脸颊　名字　呼吸

只留下尖锐的背影　匆忙的脊骨

只觉得认识的人　陌生的人

都在尽日辛劳

砰砰响的时间　耳朵里回旋的嗡鸣

扩大了不眠之夜的眼圈

使置身其中的环境

更好景象　都在得到

遗忘的灿烂

收藏珍品

黄昏拉长一条小径
脚步从岩石走到草丛
形单或影只　像在切入转折点
眼睛开始从人的后背安安静静凝视
聆听耳朵里轻微的重大变化
加深星期一的星期天局限
似乎经过的空间
每隔一秒多出一个匙状形体
每一分钟减少一次可能的相遇
头顶几缕稀疏的苍白秋日
飘出麻雀一样散飞的鸣声
使蓝色轻烟　变成小心翼翼捻动的光阴
空间前额
接近天际的眉睫
这样一步步　自己标上脚印里的日期
侧身从碰撞的人影间穿梭而过
在足够长的小径上

折起一叶光斑或一粒月色

放进过时的口袋

替代一种

收藏的珍品

候车大厅

候车大厅
所有人统统离去　所有人涌入
每座个体椅子里占据的手机
像在翻寻一片绿莹莹的玻璃
光线轻轻摇曳
脸如朵朵缩小空间的蘑菇
鼻子　下巴　推测　一双双眼睛里的心思
互不干涉　互不相干　互不瞥上一眼
全身心的沉寂　用一件紧身的外套
藏好胸膛里一颗跳动的心脏
列车呼啸过境　饱满的尖叫
震动着电子屏幕上的车次和数字
清洁车又像鲨鱼一样过来
四周抬起或躲闪的腿　飘浮起膝盖
七上八下
从坐姿里分离出来的面孔
有了一种来生再次相遇的可疑

而开始检票

跟在别人后面　或别人在自己后面

如同一缕缕

刮擦而过的光影

轨迹上　一列永无止境的火车

加深了一个人孤旅的沉默

伫立或并不是一种等待

我忽然觉得四面的楼

在前额上方巨大的标识下让我觉得

什么是科技企业　延续的

困惑或惊慌　几代人走过的谷底

我所从容的时代或机会已经消失殆尽

楼层之间闪现出的光芒或玻璃

布满金属丝的星点

如同碧蓝水晶

一轮新月

在升起的时候　柠檬色的暗蓝色身影

引起无限生气勃勃的敏感

觉得我致力于提升的思想

寻找的一片可以植入的晶片或光波

像在进入人类的皱纹和空白

使我诚恳的气息

沿着视线所及的远处　向前

迈进一步　在表层的楼梯上

或一道迎面而来的玻璃光中

看到自己

深邃的眼睛

发给一个朋友的微信

我好久没见到你了
我们就这样　茶水的记忆
望向直觉　默默荒废交谈或沟通
喝完一个接一个日子
忘掉所有词语

我们仿佛都在以白天为背景
会突然打个喷嚏　牵挂和恐慌如出一辙
无从消解的愿望或兄弟情义
任由入秋的树木枝叶
完全褪尽颜色

风走动　风直立
风平静坐下　风微微地斜躺
纷杂的感性和睁大眼睛的另一种视觉
季节的无数个时辰
交织一起

窗户里的云随意移动

仿着你的身体　脚　手臂和摆动姿势

个人化的特征改变改变

最细节的外形

如同一次回味

突然凝视的客厅　依然通透

发现一张沙发从没有挪动过什么位置

认出了茶几上一只杯子

闪着光亮

瓷质洁净

语境

更高语境
个人的层面　那些卓越和美丽
像在气流层之上
在构架的坍塌之间

语境一直怀念心灵
任何羽翅影子　任何飘落的叶子
正是我好好盯视的一朵月季
颤巍巍的火焰
同样在坍塌之前　在无声无息之中
出现了焕然一新的样子

放大放小的天地
某种一个置身其内的十字路口中心
从那儿分出的路
决定
抵达什么向往

唯一出现的一次呼应

暗沉沉的深处空间　里面一束

天使之魄　色彩之惑　荒凉之境的幽光

在融和

动了心的

眼睛　肢体和手

往后时光

在所有可能中
往后时光　只有一种创造的光移动
事物缔造出各色各样形态
增加的信息　注入柔和丰富的宽阔生命
在从关心开始　进入紧密的生存
房子会充满人的表情　指纹　面孔
元宇宙覆盖大脑
另一种秩序扩展到日常生活的各个角落
看到汽车长出翅膀　飞行起来
磁悬浮超限疾驰
电子鸟飞过
同鱼和昆虫一起游览月球
繁殖地面上或深深潜流所保护的生物链
并通过声波通信
直接组织起金星和火星的文明
贯通氧的清澈空气
感到的不一样　前景　背景

启发人每一件必须知道和懂的事情
在万物的状态里发现最好的自己
并以不可估量的优美
接近更多未知的创造或指向
灵魂没有差别
只有选择和意愿　以及
发生的变化
事物的关系
天穹一个空白的空间
并非树枝罅隙　而是
渴望和想象

未来的读者

若干年几十年几百年之后

若想了解二十一世纪二十年代文学中的工业

请找一本《光域里》诗集

因为那是

我用芯的炼金术

说出的晶体语言

后记

当代诗人，对出现的渴望，信息或尚且不能理解和接受的事物，所见，所闻，感受和境遇，选择与角度，最终都会以一个见证者的姿态出现，以诗意的语言，或袒露现象的喜悦和忧思来进行阐述，从而在似乎最没有诗意的题材中，突出当代诗人的真正现场感，使主观服从客观，又使客观上升到诗化的主观，从而在新科技、新工业、互联网、物联网、芯片、数字经济、元宇宙、量子空间、硅、钽、钛，以及所有焕新的领域，完成自己的诗歌创作，完成一个时代可见的记录。

网络里，声波、光波、磁波覆盖我们全部的想象和现实生活，它不是枯燥冰冷的科学，也不仅仅是物理数字。数字正在幻变成新绿的树木、鸟鸣、光线、环境、心理反应、行为习惯，和毫无界限的信息，进入一种特征，一种思想，一种美好的偶然与必然之间的联系。我们生活在其中，谁都无法回避和否认。这些涌现到眼前的景象，全部由从未见过的数字编组而出，让我们看到互联中的快捷形态，极高的渗透功能，交织起光域中的星云楼阁，玫瑰色大气层，遽速转动的无形弧线、圆圈，新星花束，从混沌到万物的浪潮……

我丰富的灵感之源来自自己的经历和见识。感觉到了，感触就来了，词句也就弥漫在呼吸的空气和脑子里了。似乎平时的平静样子，始终在平静状态和内心世界之间的那种巨大张力之中，出现的一组组诗，二十首、五十首、一百首、一百六十首，不断修改折腾，不断重写或增删，七易其稿，从中系统地考验了我的观点、思想、立场，考验了我的技巧，以及纯度精度。

我一直像只形状的鸟，在阳台一角的一张白纸上飞翔，笃定、沉稳、自信地铺开着我的记忆、经历、见识、幻想和对当代性的思考，让我在上面一年又一年地盘旋，从而留下这本《光域里》诗集，成就了我人生别具一格的章节。

作家苏童看到这本结集的《光域里》说："把事物高高举起"或者"用缆绳将太空和地面联结"，这类的诗句，是一种非常独特的力学的诗性表达，也展示独属于他的不一般的音域。诗集中的高清晰视界，超高难度的系统写作，折射出时代下多棱镜里光怪陆离的现世细节。一切的旋转，使一个诗人有了世界旋转的节奏。

诗人胡弦说：科学里有诗性，探索和突破既是科研路径，也是诗歌写作的大道。而以科技及其生活景观为写作对象的诗，像在科学之外建立的另一个平行空间，同样令人眼花缭乱和惊叹。如果说科技给人类带来了某种惊讶或危机感，诗歌则有给这种惊讶和危机另辟存储空间的作用，从而使我们的精神世界不断达到新的平衡，进而共享《光域里》的光域。

青年诗评家陈培浩由《光域里》谈 AI 时代诗人的可能，认为《光域里》是一系列前沿科技所催生的新生活景象……每一首诗都代表了一种或多种前沿的高新技术。这种现实已成事实……带来的新生活的能量，诗人既惊叹，又带着忧思……诗通过感受的丰富性而拓宽了生命的内在宽度。

任何可能性似乎在当下都与智能联系在了一起，思维好像也有使命赋予诗歌以新的意义。诗歌的最大探索，内涵的词义转换，真挚性与感知世界，如果要浑然一体，那就必须保持内心的足够弹性，维护好文本的心理空间，使诗散发出不一样的神奇光芒，从而联结起触觉的细枝末梢、生活境遇、内在心性的点点滴滴，直至无可穷尽。

我大胆焊接诗歌和科技的两种因子，大面积、高频率地聚焦新工业或智能题材，并以自己个性化的话语系统、修辞路线和想象方式，渴望在同质化的诗歌时代，构建起有区别的特质和知性品质。

感谢各大刊物刊发我这类作品的编辑工作；感谢诸多著名诗评家对我这类作品的大篇幅评论；感谢出版社的人文情怀以及对此所做的最好安排。

2024 年 8 月 7 日　下午